講談社文庫

夕子ちゃんの近道

長嶋 有

講談社

目次

カバーアート　阪本トクロウ
装幀　グッドデザインカンパニー

夕子ちゃんの近道

瑞枝さんの原付

フラココ屋の二階にきて一週間になる。部屋には和箪笥が一つ、本棚が一つ、大きな食器棚と鏡台もある。それらが壁際ではなく部屋の真ん中に並んでいる。箪笥の手前に食器棚を置いて、箪笥の中身を取り出すときはどうするのだろうとはじめは思った。すぐにここは倉庫代わりなのだと気付いたが、フラココ屋は西洋アンティーク専門店だから、和箪笥や鏡台があるのが不思議だ。壁際には号数の大きな、額装された絵画も何枚か、これは薄い布をかけられている。鏡台は押入の前にあり、布団を出すのに苦労した。狭い部屋の端に布団を敷くと六畳間はほぼいっぱいになる。

フラココ屋の真ん前は横断歩道で、夜はカーテンのない窓から歩行者信号機の赤い光が差し込む。時折、車が遠慮のない勢いで通り過ぎる。何枚もかぶった布団から少しだけ顔を出して白い息をはいていても、みじめな気持ちにはならない。すぐに眠りに落ちる。といっても夜更かしなので、寝るのは深夜か明け方だ。

時折、日の光ではなく海猫の鳴き声で目が覚める。このへんに海はないから、海猫のいるはずはない。どこか遠くの工場で錆びた機械がきしんだ音をたてているのだろう。それでも目を閉じてきいきいと続く音を聞いているとすぐに荒涼とした海岸が脳裏に浮かぶ。あるはずのない海を思いながら、再びうとうとと寝入ってしまう。起きるとたいてい、正午をまわっている。いつも九時間、もしかしたらそれ以上は寝ている。あまり寝すぎると鬱になりやすいと聞いたことがあり、少し怖い。食器も冷蔵庫もないから自炊は無理だがお湯は沸かせるから、ちょっとした飲み食いには困らない。暖房のないのは少々辛い。少し歩けば大きなディスカウントショップがあり、電気炬燵だって手に入るのだが、なにか買うならばここに長く住むことにしないともったいない。まだそうと決めたわけでもなく、布団をたくさんかぶってしのいでいる。

窓から外を眺めれば、横断歩道の向こうにバイクショップ。店のガラス戸はいつも開け放たれている。その奥に前輪を取り外されたバイクや真新しいスクーターがみえるが、店員の姿はない。バイクショップの右隣は肉屋。左隣はヤクルトの専売所。いつになく日差しが強いようなので窓を開けて、換気ついでに布団を干すことにした。

長いこと押入にしまいっぱなしだったのだろう。布団はカビくさく、じめじめしている。敷布団をシーツごと桟にかぶせるようにして、竹の布団たたきで軽く叩く。初めは爽快な気持ちだったのが、いつまで叩いても埃が出続けるので面倒になってやめてしまう。

流しの水道は壊れているので、やかんを持ち、小さな玄関で靴をつっかけて外に出る。薄い扉を開けると鉄階段は左に折れている。階段の踊り場のすぐ向こうには、八木さんの家のベランダがある。八木さんというのはフラココ屋の大家さんであり、このへん一帯の地主でもある。ベランダがやたら広いので、八木さんの家は遠くにある感じがする。ベランダには物干しが二列あって、やはり布団が干されている。

やかんをぶらぶらさせながら鉄階段を降りると、店の裏口に八木さんの娘がしゃがんでいた。フラココ屋の裏口と八木さんの家との間は未舗装の空地で、店の駐車スペースになっている。だが店長は昼間は買い付けに出かけているので、あいた場所で娘は工作をしているのだった。

今は卒業制作に取り掛かっているそうで、いつも折畳みの鋸を片手に持っている。角材をいくつも小さく切り分けているが、何を作っているのかは分からない。

娘は、あ、とか、どうも、と小声でいうか、黙って会釈するだけでほとんど会話をしない。卒業制作というのも店長が教えてくれた。ということは美大生か。こっちも会釈だけして、フラココ屋の裏口の壁に据え付けられた散水用の水道を借りる。ホースの先を手に持って蛇口をひねる。硬そうなホースが一瞬動いて、少し遅れて水が出てくる。ホースの先をやかんにつっこみ、三分の一までためて蛇口をもどす。立ち上がり、ホースを離すとだらんと地面にたれて、水が地面をちょろちょろと流れる。思ったよりたくさんの水がホースに残っていて、筋をつくりながら娘の足もとまでいってしまうが、娘は足だけ水をよけるようにして、咎めるどころかこっちをみもしなかった。娘はいつも表情がこわばっている。なんというか、ぶたれた後で相手をきっと見返す瞬間のような顔。

上階に戻る。湯を沸かし、小さなコンロのガスの炎をみながら背中をかいた。一週間前に引っ越してきてからまだ一度しか銭湯にいっていない。冷水が歯にしみるので、ぬるま湯をコップに注いで歯を磨く。残りのお湯で顔を洗う。一応「一時に開店」といわれている。再び階段を下りると娘はいない。八木さん宅の庭の小道を通り、わりと立派な門を抜けて表に出れば、そのすぐ左隣がフラココ屋である。

フラココ屋の前には瑞枝さんが立っていた。瑞枝さんはフラココ屋の常連だ。向かいのヤクルト専売所の裏に住んでいるそうだ。特になにも買わないけど邪険にしないでくれ、と店長からいわれている。

「看板が」と瑞枝さんが上を指すので振りかえるとフラココ屋の看板の左側が桟に干した布団で隠れている。

「ああ」久しぶりに天気がいいから、干しているんですというと、君、二階に住んでるんだ？　と感心した声音でいわれた。瑞枝さんは八木さんの娘と対照的で、なんだかなれなれしい。少しかすれた声でよくしゃべる。知り合ってすぐに「君」と呼ばれるようになった。

「後でよってもいい？」どうぞ。瑞枝さんは駅の方に歩いていった。二つ並びのシャッターを順番に上まで持ち上げる。店に入り、壁際のスイッチをバチバチと何度かつけたり消したりする。店番をするようになって五日、どのスイッチがどの照明なのか、まだ把握しかねている。照明が売れたり入荷したりするごとに配線が変わるせいもある。照明は天井からすすけた鎖でつり下げられたものや、卓上のランプ、スタンド型と幾種類もあるが、どれもワット数の小さい電球を使っており、店内は常に薄暗い。

石油ファンヒーターをつけ、掃除機をかけて店長の携帯電話に開店の報告をいれれば、あとはもっぱら本でも読んでいればいい。客はたまにしかこない。繁華街でもないから、特に平日はすいている。アンティークに囲まれて、なんだかいい身分のような気持ちになる。

仕事といえば店内の清掃と、長居しそうな客にお茶を出すこと。お茶は暗幕で区切った奥の台所でいれる。難しい応対は携帯電話で店長にかわればいい。

さんざん迷って結局立ち去る客ばかりだが、たまに購入する客は僕よりも詳しい。

「これは十九世紀の英国のものだね」などとうんちくをたれる。

「すごいですね」と相槌をうつ。

店の中程まではコンクリートの三和土《たたき》。奥は板の間になっている。板の間と三和土には大きな段差があるので、木箱が踏み台代わりに置かれている。大抵の客は三和土の売物だけみて帰ろうとするので、タイミングを見計らって「どうぞ上の方もご覧になってください」と声をかけるのも仕事のうちだ。一日の終わりに、その日来た客を思い出しながらノートに記す。

14：00　三十代夫婦　数分間物色
15：10　二十代学生　すぐ帰る
16：00　三十代女性（すこぶる美人）雨やどりか？　お茶を出す

17：40　四十代男性　ピューターの皿お買上げ（お金は引き出しにあります）

おととい、閉店間際にやってきた瑞枝さんが横からのぞき込んで「手書きのPOSシステムだ」といった。私は何歳って書かれたの、と問われてページをめくると初めのほうに

二～三十代女性　店長の知り合い？

とあるのをみて瑞枝さんは小声で「よしっ」といった。

瑞枝さんはよく店に顔を出すが、店長のいうように買うことはない。新たに入荷した品物もろくにみずに、まっすぐ板の間にあがってくる。踏み台は少しぐらついているので、足を載せる前にいつも瑞枝さんは用心深そうな顔になる。「店長は？」と必ず尋ねる。いつも「売れませんように」と声を出して念じている気に入りの長椅子に腰を降ろす。昼前に「これから打ち合わせ」といいながら入ってくることもあれば、閉店間際に「今日は仕事早かった」とやってくることもある。

瑞枝さんはときどきジョアをもってくる。ヤクルトの裏に住んでいるから、おすそ

分けをちょくちょくもらうのだそうだ。瑞枝さんはどうぞともなにもいわずに、二個連なっているジョアのビニール包装をやぶり、うち一個にのびるストローをさした。僕は残りを受け取って賞味期限を確認した。

「私さあ、免許とろうと思うんだ」瑞枝さんはいった。

「またですか」

「またってなに。免許とるの初めてだよ私」我が家のようとまではいわないが、瑞枝さんはフラココ屋にいるとくつろぐみたいだ。初対面の僕にも親しげに話しかけてきたのは、なれなれしさからだけではなく、フラココ屋の常連の自負があって、逆に気を遣っているのかもしれなかった。

「こないだは、特許とるっていってたでしょう」瑞枝さんは二度目に会ったときに、私ものすごくいいアイデア思いついたんだ、と開口一番にいった。

「億万長者だよ、私」瑞枝さんは自分がそれを誰かに言われているみたいに目を丸くさせていった。聞かせてあげるね、いい。勿体をつけるというのではなく、本当に自分の考えに興奮しているのが分かった。

「石鹸はさ」瑞枝さんは両手の平をくっつけて、ふくらんだ形にしてみせた。すべて楕円形というか、両面がこんもりと盛り上がった形をしているでしょう。はあ。

「それを、片方だけ盛り上がった形で、もう片方はえぐれた形にする」というのが瑞枝さんの発明で、そうすることで、小さく薄くなったときに次の新しい石鹸にくっつけるのが容易になるはずだというのである。

「なるほど」といったのに、瑞枝さんは不服そうだった。もっと大きなリアクションが欲しかったのだ。いけばいいじゃないですか、東京特許許可局に、と水を向けても、面倒くさいもん、許可局、とふてくされた様子になった。

「えー、よくないかなあ」

「よくないなんていってないですよ」といってみるが、釈然としない風だ。

「特許とれると思う？」

「とれますよ、絶対」瑞枝さんが帰った後で、片面だけ盛り上がり、片面のえぐれている石鹸を真剣に考えてみた。手でこすりあわせているうちに、ただの平たい形に近づいてしまうのではないだろうか。割れてしまうかもしれない。思い通りに次の石鹸にくっついたとして、需要はあるのだろうか。もう誰かに試された後かもしれない。

「私、免許とれると思う？」と今日もいって、瑞枝さんは鞄から問題集を出した。

「免許って原付のですか」

「そう」放課後居残りを命じられた女の子みたいに、長椅子の前のテーブルに顔をつっぷした。問題集を手に取り、ぱらぱらとめくる。中は漫画だった。つなぎを着ているが、温和な表情でライダーというよりは塾の先生みたいな眼鏡の若者と、若いポニーテールの女の子が問答を繰り広げるという設定のようだ。栞のあるところを開くと、ブレーキの説明をしている。

「ブレーキがきき始めてから止まるまでの距離を制動距離というんだ」ライダーは言葉遣いも丁寧だ。

「これも遠心力と同じで、速度の二乗に比例して大きくなるのね」女の返答はやけに物分かりがいい。二人はつきあっているのか、それともただのお友達なのか、そんなことを考えながらめくっていくが、いつまでも速度や標識のことばかり話していて、なんの進展もみられない。

「あんまり簡単だと不安になりますね」といって返すと

「そうなの」と前のめりになるような勢いでいわれた。

いっそ、普通車の免許にすれば原付免許も兼ねますよ、といってみたが、それは免許を持つ誰かから聞いた台詞の受け売りだった。

「身分証明をね」瑞枝さんは旦那さんと「長い長い」別居状態にあるそうだ。健康保険証を借りにいくのが悔しいので、原付の免許をとることで身分証明書代わりにしたいのだという。

「試験って久しぶりだから緊張しちゃうんだ」テーブルの天板はガラスで、瑞枝さんが寒そうに腿のあたりを両手でこするのがみえた。問題集を鞄にしまい、心細そうに立ち上がる。じゃあね、といって出ていった。

やがて外は暗くなり、ヤクルト専売所の前にはあちこちから戻ってきた自転車が連なる。閉店の八時まで誰もこなかった。閉店間際に店長が裏口からぬっと入ってきて「瑞枝さんきてたんだ」と机の上のジョアを指していった。店長はいったん裏口の外に出て、背の高い時計を抱えて戻ってきた。

店長は閉店時にしか顔を出さない。インターネットのオークションに出品しはじめたら、そっちの方がお店よりも俄然儲かるようになった。それはいいが、クレーム対応や入金の確認、配送作業などにかかりきりになってしまっているのだ。

「なんかいってた?」店長と瑞枝さんはどうやら長い付き合いのようだ。時計を板の間の隅に置き、今何時、と尋ねる。八時、えーと七分です。店長は片膝をついて文字盤のガラスの蓋をあけ、指で長針をそっと回す。

「免許とりたいっていってましたよ」

「免許ねえ」振り向いた店長は顎鬚をさすりながらすっぱいものでも食べたような顔

になったが、つづく言葉は特にないようだった。プロペラに似たねじ回しを差し込んでぜんまいを回す。そろそろ出ようか。店長は立ち上がり石油ファンヒーターのスイッチを足で切った。飲みかけのジョアを手に取ると、ストローに瑞枝さんの口紅がついているのも構わずにずっと残りを飲み干した。そしてまたすっぱそうな顔をした。

「二階、寒くない？」あー、大丈夫です。

「電気アンカ、押入にたくさんあるから使って」はい。消すよ、といわれて裏口に向かう。店長は間違えることなく店内の照明を落とす。店が暗闇につつまれると新たに置かれた時計のかっちかっちという音が大げさに感じられた。表にまわり、シャッターを降ろし、鍵をかける。

　裏口に戻り、コートのポケットに手をいれて店長を待つ。寒さに背中が丸くなる。うつむくと、停車したワゴンの下に八木さんの娘が残した木屑が土の地面に散らばっているのがみえる。奥の家のカーテンのすき間からはテレビの光が漏れている。店長は裏口の扉をしめて、ポケットをまさぐる。鍵を探しているのだろうか。寒いなあ、と店長はいった。それから薄い茶封筒をポケットから出した。封筒に入れた意味がないぐらいにくちゃくちゃになっているのをのばし、中をみると壱万円札が二枚はいっている。

「今週の分」

「こんなに働いてません」

「これからもっと働いてもらうつもりだから。ネットのことも教わりたいし」店長は裏口の扉に大きな南京錠をかけた。

「なんか、すみません。二階まで貸してもらって」

「いいのいいの。二階は君が最初じゃないから」店長はいった。

「君は」といって上をみあげるようにして「五代目ですな」とつづけると、ワゴンに乗り込んだ。店長の車が去ると、自分も表通りに出て横断歩道を渡る。バイクショップは蛍光灯だけが灯っていて、店員の姿は相変わらずみえない。五代目とはなんだろうと考えながら遠くのコンビニまで歩く。僕の前に四人、あそこに無料で住んでいたことがあるということか。

コンビニでカップ酒と夜食を買い込んで戻ってくると、遠くで瑞枝さんがコートの襟をたてながらバイクショップの中をのぞきこんでいるのがみえる。

声をかける前に瑞枝さんはバイクショップとヤクルトのすき間の小道を入っていってしまった。小道をのぞきこんだが、暗くて奥はみえない。歩行者信号機のボタンを押すのも面倒でそのまま横断歩道を渡ろうとして、干しっぱなしの布団に気付く。フラココ屋の看板の「フ」の字と「ラ」の字の半分を隠して、布団は白じろとはかなくみえた。

すぐに取り込まなくては、そう思いながらなんだか足が重い。どうせ手遅れじゃないかという気持ち。それでも部屋に戻って冷たい布団を引っ張り上げる。コートを着たまま鏡台を動かし、膝をついて押入の下の段をあさると、なるほど奥の方に電気アンカが五、六個、何かの骸《むくろ》のようにごろごろと転がっている。一個だけ取り出そうとしたらコードがからまっていてほとんど全部くっついてきた。あぐらをかいて、太いコードをほぐしていく。久しぶりにみる電気アンカは硬いような柔らかいような、重いような軽いような不思議な感触だ。メーカーは「ナシヨナル」だったり「三菱」だったりいろいろだが、どれもほとんど同じ色と形。小判型の胴体をみていたら瑞枝さんの石鹸のアイデアと、真剣な顔が思い出される。

電気アンカには回転式のスイッチがついていた。親指で回していくと「切」「弱」「中」「強」の古めかしい書体の文字が順に現れて、歴史あるものに触れているような神妙な気持ちになった。延長コードにアンカを二つつけて、電気スタンドの明かりで本を読む。布団の中の、アンカを置いたところだけがむやみに熱くてなんだか集中できない。アンカを切ると、そのうちに冷えてくる。切ってはつけては読み、目を閉じてじっとするのを繰り返していると、そのうちに自分にサーモスタットがついたような気がしてくる。栞をはさんで本を枕元に置き、電気スタンドを消すと蛍光灯のかすかな音がやんで、部屋は歩行者信号機の赤い光に満ちる。足をのばせばすぐにつま先が壁にふれる。今地震が起きたら死ぬな。目を閉じてそう考えるが、すぐに眠りに落ちる。

夢をみた。瑞枝さんが「免許とったよ」といいながら遠くから走ってくるのだ。かなり遠くから、瑞枝さんは四角い免許証を頭上にかざしたまま近づいてきた。目の前まで息も切らさずにものすごい勢いでやってくる。実技講習のときにね。運転しながら顔が笑顔になってしまうのを何度も教官に注意されるんだけど、どうしても走ると笑ってしまうの。ああ、分かります分かります。僕は心から相槌をうっている。

翌日は海猫ではない、なにか違う音で目覚めた。鋸のようだ。布団の上に広げていたコートをはおって階下にいくと、やはり八木さんの娘が鋸で木を切る音だった。いつも何かを切っていたが、今日の角材は特に大きい。鋸も両刃のものだから、いつもより音が響いたのだろう。おはようございますというと会釈される。遠慮がちにみていると、鋸がたわんだりひっかかったりすることもなく、上手にひいている。

表に出ると店長のワゴンが後部のハッチバックを開けて通りに停車していた。「起きたばかり?」店長は車で十分ぐらいのところに住んでいる。「さっそくだけど、手貸して」親指でワゴンを指した。ワゴンの荷台には横長の桐箪笥。

「二階、まだ置けるかな」

「あー、はい」

「裏で鋸やってるみたいだから、ここから運ぼう」はい。二人で箪笥の底を持ち、八木さんの家の門をくぐってゆっくり裏口にまわると、娘が店長には声を出してこんにちは、といった。鉄階段の前でいったん箪笥を置く。先を行く店長は後ろを向いて階段の一段目の高さを確かめ、後をゆく僕は箪笥の腹のあたりに持ちかえる。店長が後ろ足で二、三段のぼったところで、娘が鋸を僕に向けて指した。それから「上、上」とはっきりした声でいった。みあげると、箪笥の上部がトタンの雨よけにぶつかりそうだ。僕は少し箪笥を下げるように持ち直して、再び力をこめる。最初のうちはおっかなびっくりだったが、やがて息が合うようになり、とんとんと足並みを揃えてのぼった。

二階の扉の前で箪笥を置く。方向転換が面倒そうだ。入るかなあ、とここまできて店長はいっている。箪笥のせいで少ししか開かない入り口に身体を押し込むようにして室内に入り、布団を畳む。手は赤くなり、額に汗をかいている。あわてていたのでアンカのことを忘れていた。畳んだ布団を持ち上げるとコードがぴん、と伸びた。

「アンカまだ使えた？　よかった」店長は戸のすき間から顔をのぞかせ、煙草に火を点けた。

すでに部屋に置かれている鏡台や本棚などを少しずつずらして、桐箪笥のスペースをつくる。それから狭い外階段の踊り場と玄関で、何度か細かい方向転換を繰り返した末に桐箪笥を部屋に納めた。

「ここでどうやって寝るんだろう」と店長は他人の部屋をみるような調子でいった。

「大丈夫です」

「いやいや、すぐにまた一個出すから」じゃあお店のほうよろしく。店長が下りていった後でもう一度布団を敷いてみた。いよいよ部屋は狭く、布団は箪笥のへりにそって四分の一くらい折れているが、人一人横たわるだけの幅はある。

ワゴン車が発進する音が聞こえて、窓の外をみれば、ちょうど瑞枝さんがバイクショップから出てくるところだった。昨夜は迷っていたのが、今日になって物色する気になったのか。店のガラス戸を閉めようとして、てこずっている。バイク屋の扉は開けたままでよいのではないか。ここから教えてあげようかと思ったら、こちらを向いた瑞枝さんと目があった。右手をあげると瑞枝さんは笑った。笑って、戸を閉めるのは諦めた様子だ。

フラココ屋のシャッターを開けに再び外に出る。娘にさっきの「上、上」の礼をいおうと思ったが、もういなかった。

慣れない肉体労働でもう一日の仕事をみな終えたような気持ち。たぶん来るだろうと思ってお湯を沸かし始めたが、沸く前にもう瑞枝さんはやってきた。

「さっきの君、なんか天皇みたいだったよ」といって瑞枝さんはひょいと板の間まであがってきた。

天皇？ うん、誕生日になると防弾ガラス越しに、手をふるじゃん。なるほど。なぜか平成ではない、昭和の天皇がフラココ屋の二階で手をふるところを想像してみる。平日の正午、国旗をふるのは瑞枝さん一人。瑞枝さんは石油ファンヒーターの電源を勝手にいれている。

「バイク買うんですか」僕は水をむけてみた。コーヒーをソーサーごと手渡すと瑞枝さんはスジャータの蓋をめくり、少しだけいれた。親指に白い点のようについたミルクを舌でなめとる。コーヒーは一口だけすすって、長椅子の傍らのテーブルに置いた。

「そのつもり」と嬉しそうにいった。身分証明だけじゃ、もったいない気がして。

「免許はとれたんですか」

「明日、試験」

瑞枝さんは気に入りの長椅子に倒れこみそうな姿勢で私、免許とれるかな、と昨日と同じことをいう。起き上がって問題集を鞄から出すと僕に手渡した。問題出して、といい、またコーヒーに口をつける。受け取った本を片手で持つとすぐに大きく開いた。真ん中あたりのページにクセがついている。昨日みせてもらった漫画形式のと違い、今度は文字ばかりだ。奥付をみると上の方に古本屋の鉛筆で400と値段が書かれていた。ページをめくると、赤鉛筆のイタズラ描きがあちこちにある。子供が描いたような画風。ほとんどがスクーターやバイクの絵だ。道路標識の中の人間にふきだしを付けて勝手に台詞をいわせていたりする。赤信号の「とまれ」の男にはSTANLEY、青信号の片足を踏みだしている男はWALKYと名前がふってある。

瑞枝さんはイラストレーターだ。毛糸や色紙を貼ってパステルやクレヨンで仕上げた、やはり外国の子供の描いたような絵を、前に店長にみせてもらった。バブルの頃は、原宿で個展をやれば、絵葉書大のイラストでも一枚数万円で売れたという。今は絵本雑誌に挿し絵を寄せたり、ときにはライターとして作家へのインタビューや雑文を書いたりもする。瑞枝さんは才能ないからというのだが、絵本雑誌に挿し絵が載るのだってすごいことに思える。

「問題出して」瑞枝さんはうつむいて、ガラスの天板の底から透けてみえるテーブルの足をのぞき込んだ。早押しクイズの解答者みたいな表情になっている。実際、テーブルのへりで細い手を軽く交差させて、早押しのボタンを押すような姿勢だ。

「えーと、では」といって再びページをめくる。

「交差点とその端から五メートル以内は駐車できない」マルかバツか。

「マル」正解です。

「坂の頂上付近は駐停車禁止である」

「マル」正解です。

「チェーンのゆるみは、指で押して十ミリ程度であるのが望ましい」

「バツ」正解です。瑞枝さんは正解を重ねたが、表情はだんだん暗くなっていく。

「では、ですね」あちこちページをめくってみるが、どの問題が難しいとか、どれがひっかけ問題というのが分からないから、出題する側にも張り合いがない。

「残業で疲れているときは運転してはいけない」

「なにそれ」瑞枝さんは我に返ったように笑った。そんなこと書いてあるの？　ありますよ、ほらここに。長椅子の方までいって、隣に腰を降ろすと瑞枝さんもにじりよってきた。

「残業で疲れているときは運転できない。ほんとだ」瑞枝さんは間近で僕の顔をみつめた。泣きそうな、笑い出しそうな顔だ。不意にベルが鳴り響く。驚いて部屋の隅をみた。店長が昨夜設置した時計が時報を鳴らしたのだ。それは昔、学校でよく聞いたベルと同じものだった。

「試験、明日なんだ。どうしよう」鳴り終わると瑞枝さんは情けない声をあげた。ほとんど全問正解だったじゃないですかと慰めてみる。すると瑞枝さんはまた正面から僕をみつめて

「私もう四十だよ」と真剣な顔でいった。

「四十よ。分かる。学校卒業して何年になるの。試験なんてものを何年、何十年受けていないと思っているの」と早口でたたみかけられ、僕は長椅子の上で少し後じさってみせたが、内心なんだそんなことかとほっとしていた。客が入ってきた。

じゃあね、と小声でいって立ち上がると瑞枝さんは客と入れ替わるように出ていった。そうすると、まるで瑞枝さんが流れをせき止めていたみたいに他の客がどんどん

来るようになった。入口脇のガラスケースの中を後ろ手に組んで眺めはじめる。上の方もよければどうぞ、と控えめな口調で声をかければ恐縮した様子でどうも、といいながら踏み台に足をかけて、皆、少しよろめく。クリスマスが近いから、プレゼントを探しているのだろう。

五時をまわるともう真っ暗になる。三十分近く熱心にケースの中の皿をみている客に、それは十九世紀のイギリスのもので、と前に来た客の言葉をそのままいってみる。へぇ、そうなの、といって、しかし買わなかった。

八時に閉店の連絡をいれると店長の奥さんが携帯電話に出て、店長は風呂に入っているという。お店のホームページをみてきたという客がいて、質問されたのでちょっと、というと、サッシの扉のからから開く音が聞こえて店長が出た。ざばーんと湯の音が響いて、僕も風呂に入らなければと思う。

「ホームページみてきた？　ああ、山田さんね」あーはいはい、分かりましたという声は浴場に反響している。とてもくつろいだ調子だ。

「今日あんまり寒いから、古物市、途中で切り上げちゃったよ」なんだか楽しそうだ。暑すぎるからって理由でレース中に車を降りてしまったネルソン・ピケみたいなもんですね、というと

「なにそれ、よく分からないけど格好いいってこと?」といわれる。まあそうですと返事をする。店長の年齢が、たしかちょうど四十歳だった。F1なんかは、よほどのモータースポーツファンでなければみていない世代だ。奥さんの声はこの電話で初めて聞いたが、四十よりも少し若く聞こえた。

店を出て、シャッターを降ろす。シャッターは上げるときも降ろすときも、初めのうちとても重くてかたいのに、突然こちらが慌てるぐらいに勢いよくなめらかに動き出す。なんだかこういう人っているよな、と上げ降ろしするたびに思う。裏口に鍵をかけると遠くの銭湯にいく気は失せていた。駅前の定食屋にいく。ビールを飲んで、財布の中をみる。二万円もらったが、明日は店を開ける前に銀行にいって、もう少し下ろしておいた方がよいかもしれない。

肩をすぼめながら部屋に戻りスポーツ新聞を読んでいると、誰かが鉄階段をのぼってくる音がする。ドアを叩く音。あけると瑞枝さんだった。あのさ、問題集忘れちゃった、明日、試験だから。寒そうに早口でいう。

「ドアをノックなんてしたの、もしかしたら久しぶりかも」瑞枝さんは楽しそうにいった。

ここで待っててくださいと言い置いて入れ替わるように階段を降りる。裏口は暗く、南京錠に鍵を差し込むのにも難儀する。急いでテーブルの上の問題集をとって階段をあがると、瑞枝さんはいなかった。呼び鈴のない扉をあけると玄関に小さな靴が揃えてある。瑞枝さんの姿は桐箪笥と本棚の隙間にみえた。

「入らないでくださいよ」散らかってるんですから。

「だって寒いんだもん」

部屋の中だって寒いですよ、といいながら背の低い桐箪笥ごしに本を手渡す。瑞枝さんは「まだこれ預かっているんだ」と壁際の絵に近づいて、布を少しめくった。

「知ってるんですか」

「ずっと前に、私もここに住んでいたんだよ」もう、十五年以上前だよ。まだここがフラココ屋ではなかったころね。

「瑞枝さんが『初代』なんですか」あらたまった口調になった。急いで布団をたたみ、やかんを持ってみる。まだ水が残っているので、そのままコンロにかける。ホーローのカップを持って再び階段を降りる。暗い地面をさぐってホースの先端をつかみ、水道でコップをざっと洗う。冷水で指が痛い。部屋に戻ると瑞枝さんは窓際に立っていた。みえないカーテンがそこにかかっているように、手を小さく動かしている。

「初代ってなに」瑞枝さんは恋人と一緒に住んでいたのだという。まだあのバイクショップもヤクルトもなかったし、店長も私も若かった。そういって窓の外に目をやる。家出して、恋人の住み家だったここに押しかけるように移り住んだが、別れて恋人が出ていく形になった。その人は今は所沢にいるという。

「君は？　失恋でもしたの」唐突に瑞枝さんは尋ねてきた。

「いやまあ、いろいろあって」

「いろいろってなに」

「挫折したんですよ」といってみたが瑞枝さんは深刻な顔をしない。

「いいなあ、挫折できて」私なんか明日試験で、落ちたら午後から打ち合わせだよ、という。いいなあ、という言葉は最初から準備していたかのようだ。失恋でもしたの、という初めの質問からして、なんだかもう羨ましそうな口調だった。

瑞枝さんは押入の襖や天井をみあげていたが、すぐに懐かしさもやんでしまったみたいで、砂壁にもたれかかった。瑞枝さんがここに住んでいたことよりも、その後もこの近くに住み続けているということが興味深いことに思えた。

「寒くない？　ここ」瑞枝さんは不意に気付いたように身体をさすり、唇をなめた。

「僕は平気です」

「ストーブ買いなよ」

「大丈夫です。狭いから火事になるとまずいし」お湯が沸いた。小さなコンロのガスをとめる。

「寝るときとか、どうしてるの」

「それは、布団をあるだけかぶって」

「キュリー夫人だ」偉人の名を持ち出しながら、からかうような口調だ。ティーバッグをいれて、沸き立ったお湯をカップに注ぐ。ティーバッグの紐の垂れた、湯気のたつカップを手渡した後で、なんだかわびしくみえることに気付いた。が、瑞枝さんは分かっているという調子でそれを受け取ると、あらぬほうをむいて頷いた。

「ここはつまり、若くて貧乏なものの止まり木なんだな」部屋の隅で瑞枝さんは立ったまま一口だけ飲んだ。よし、私も苦学する。そう続けると紅茶を傍らの鏡台の上に置いた。問題集を丸めるように持ち、よし、ともう一度いって玄関に立った。

「長く住むならさ、店長にいって荷物減らしてもらった方がいいよ」

「大丈夫ですよ」

「ねえ君、エコノミークラスシンドロームって知ってる?」瑞枝さんが出ていった後で振り向いて部屋をみて、なるほどと思う。

その晩は特に冷え込んだ。風が強く、そのせいだろうか裸電球が一、二度、ふっと消えかけたりした。眠くなる前から厚着のままで布団にもぐりこんでいるが、鼻の頭が冷えて感覚の薄れていることが分かる。文庫に栞を挟んで枕元に置き、畳におきっぱなしだった腕時計を拾い上げる。午前一時。瑞枝さんは明日の試験に向けて勉強しているのだろうか。それとも明日に備えてもう眠っただろうか。苦学どころか、こっちは読んでいるのも復刻の漫画だ。立ち上がり、裸電球を切る。急いでかがんで布団にもどり、電気スタンドも消した。

私もう四十だよ。昼間そういわれたとき、身構えたことを思い出した。もっとずっと深刻な言葉がつづくような気がしたから。その言葉を、その唇の動き方を前にもみた。

私もう三十よ。昔、別の女にいわれたことがある。それが別れを切り出すとっかかりの言葉だったからトラウマになっているのだろうか。それだけではないと思う。自分は二十になっても三十になっても「もう」という感慨を抱いたことがない。「もう」と思わないのは何かの感覚が未発達か、備わっていないのか、とにかく人生において誰もが知覚できるなにかを自分だけが感じることができない、置いてけぼりにされたような気がするのだ。

瑞枝さんは「いいなあ」ともいっていた。瑞枝さんのいいなあ、は気持ちがそのまま息になって、空気が六畳間に漏れ出たようだった。

車の通り過ぎる音。お腹と足先にあてがった二つの電気アンカが今夜はまるで熱くならない。キュリー夫人は椅子を背負って勉強したと聞いたことがある。キュリー夫人は馬鹿なんだね。瑞枝さんならそういうだろうか。

瑞枝さんはここを「若くて貧乏なものの止まり木」ともいった。瑞枝さんをふくめた四代目までの住人はそうだったのかもしれない。だが僕は若者というほど若くもないし、実は貧乏でもない。貯金もまだ十分ある。働くのが嫌になってしまっただけだ。働くのだけではない、たとえば広くて暮らしやすい新居を探すことや、部屋を暖めるものを買いにいくことすら。布団に地雷のように埋め込んだアンカに囲まれて、底冷えをやりすごしながら生きている(やり過ごそうとしているのは底冷えだけなのか)。

車のブレーキの音。違和感を感じ、目を開ける。寝入りかけていた頭はぼうっとして、なにがおかしいのか分からない。車が止まったということが変なのだ。まばたきを繰り返すうちに頭がはっきりしてくる。

部屋が青い。

そう気付くとすぐに部屋に差し込む光は点滅をはじめた。布団からがばりと身体を起こして窓の外をみると、点滅する青信号の光の下、瑞枝さんが四角い石油ストーブを運んでいる。半分渡りきる前に信号が変わり、車は不機嫌そうに瑞枝さんをよけて走り去った。瑞枝さんは横断歩道の真ん中でいったんストーブを置くと、ふうと息をつくようにして両手をこすりあわせた。

手伝いにいかなくては。赤に戻った部屋の窓際で、だが僕は動かなかった。よっこらしょ、といったかどうかは分からない。瑞枝さんはいつもと違うボアのついた厚手のコートを着ている。雪山遭難者の捜索隊だ。白い息をはきながら再びストーブを両手で持ちあげ、勢いをつけて歩き出す。一気に横断歩道を渡り、視界から消えたかと思うと裏口の方から音がする。あわててコートをはおり、二階の門灯をつけて外に出る。鉄階段を降りる自分の足音が闇に響く。

「寒いでしょう。二階の君のことを考えたら、なんかもう気が散って勉強できなくてさ」下までいくと、瑞枝さんはささやいた。

「灯油はいれといたから」寒そうに鼻をすする瑞枝さんの小さな身体をむやみに抱きしめたくなったのは、ただ単に感動したからだった。今ここで庇護されているのが自分ではなくて彼女であるという錯覚を感じたのは何故だろう。

店の表まで見送った。僕のお礼を瑞枝さんは聞き流した。僕の言葉も熱がこもっていなかったかもしれない。今度は歩行者ボタンも押さずに道を走っていった。ヤクルトとバイクショップの狭間の小道に瑞枝さんが消えてもまだ僕はなにに感動しているのか分からずにいた。みじめに思っていいことなのかもしれないのにそうとも感じず、寒さも忘れて歩道に立ちつくした。横断歩道脇の歩行者ボタンを押してみる。無人の車道の信号機が黄色になり、やがて歩行者側が青くなる。振り向いて、さっきまで自分がいた二階を見上げてみたが窓の中は黒く、なにもみえない。

翌日は寝坊をした。店長がドアを叩く音で目を覚ました。特に怒った様子はないが寝癖だらけの僕をみるなり「一応、客商売なんだから昼のうちに銭湯いっといで。開店は遅くなってもいいからさ」といった。

遠くの銭湯で長湯をしてふやけきった身体で戻る。湯冷めしないように買ったあたたかい缶コーヒーを飲みながら、まだ湯につかったような気持ちのまま、店の奥で漫画の続きを読んでいると電話が鳴った。

「受かったよー」瑞枝さんの大声が響く。

「試験、受かったよ」おめでとうございます。

「すごいよ。まわり皆十代のガキだよー」瑞枝さんはそこから絵葉書でもおくって寄越しそうな高揚した声で合格発表の電光掲示板の様子や、尊大な教官の態度を報告した。このあと実技講習、じゃあねっ、と早口のまま電話は切れた。興奮にあてられたように椅子の背もたれにもたれかかると、ああ、とため息がもれた。壁のすみに設置した時計が大きく鳴るまでずっと虚脱していた。

翌日の昼、開店前に掃除機をかけようとしたら吸い込みがよくない。裏口に新聞紙を何枚か重ねて広げた。掃除機のゴミのたまっている部分を開けて、しゃがんでねずみ色の埃をかきだしていると、八木さんの家から娘が出てきた。いつもの作業の邪魔になるかな、と思ったが今日の娘は手ぶらだった。こんにちは、と小声でいう。すぐに終わりますから、とこっちも小声になる。娘は旧式の赤い掃除機が卵のように半分に割れているのをしばらく珍しそうに眺めていたが、そのまま表に歩いていった。今日は創作活動はなしか。そういえばスカートをはいているのを初めてみた。立ち上がって腰をのばしてから「こんにちは」といってもらったのも初めてだと気付く。

新聞紙でゴミをまとめはじめたとき、八木さんの家の玄関から、娘がまた一人出てきたのであれっと思った。

「こんにちは」と今度もごく小さくいわれる。そうだ。大家の娘は二人いると店長に聞かされていた。もう片方に、さっき初めて出くわしたのだ。あるいは今会っているのが、初めて会う方かもしれない。双子みたいによく似ている。堅い調子で会釈をして、さっと通り過ぎた。

ともあれ、二人に「こんにちは」といってもらえた。表の方で笑い声が聞こえる。きっと瑞枝さんが二人と話しているのだ。珍しく弾んだ娘の声を聞き取ろうと手を止めていると、間もなく瑞枝さんがやってきた。片手に持った免許証を僕の目の前に掲げるように突き出す。

「おめでとうございます」

「今、店の前で朝子ちゃんたちにも自慢したところ」瑞枝さんはにんまりと笑う。

「二人ともすごく似てますね」

「妹の夕子ちゃんは定時制高校に通っていて、そういえば私もたまにしか会わない」

なるほど、といいながら受け取った免許証をしばらく眺めていたが、不意に気付いた。

「もう四十なんていってたけど、嘘じゃないですか」生年月日をみれば、瑞枝さんはまだ三十五歳だった。

「四捨五入すれば四十でしょう」そうですけど。

「最近はなんか面倒で、もう四十って思うことにしてんの」面倒。面倒ってなにがですか。

「なんだろうね」瑞枝さんはそういうと僕の顔をみた。

瑞枝さんが向かいのバイクショップでスクーターを買ったのはその数日後のことだった。僕は初めてバイクショップの店員の姿をみた。曇天の下、ヘルメットを被ってスクーターに腰掛ける硬い表情の瑞枝さんに、若い店員がスタートの指導をしているのを、僕はフラココ屋の板の間の奥から眺めた。

夕子ちゃんの近道

フラココ屋の床に薬品を塗る。年に一度は塗りなおさないとコンクリートから細かい砂埃が出てきてしまうという。そういえば路地裏などを掃き掃除していると落ち葉やゴミの中に細かい砂埃が混じっていて、あれはどこから飛んでくるのだろうかといつも思っていたが、劣化したコンクリートから出てくるのだそうだ。

店の三和土の売り物を板の間にあげる。板の間の物も椅子や机などいくつかの家具は外に出した。本当は年末に行うはずだった大掃除がのびて、正月明け早々の大仕事になった。

いい機会だから、少し売り物の入れ替えもしたいと店長はいう。客は二度見に来て二度とも同じラインナップだと、当分こなくなってしまう。こまめに入れ替えておけば、掘り出し物がなくなってしまうことを恐れてリピーターがつくのだ、と。

裏口の、上がり框《かまち》や台所からトイレのあたりには緩衝材や段ボールが山積みで、大物を外に出しにくい。食器棚などは表から出して歩道に並べる。これまでに二度きた客なんてそんなにいたかなあと思うが、二階から洋物の家具も降ろした。

入り口のすぐ脇のガラスケースに並んだ小物をすべて取り出し、ガラスの棚板も外す。歩道のスペースもそんなにないので、ガラスケースは板の間に運び上げる。最後に三和土から板の間への踏み台代わりに置かれている木の箱を取り去ると、コンクリートの床面がやっとむき出しになった。店長は壁や柱にマスキングのテープを慣れた手つきで貼り付けていく。

何もなくなった三和土の真ん中に立つ。鉄のバケツに透明の液体が入っている。柄の長いモップを浸して持ち上げると、液体は少しとろっとしているのが分かる。べちゃっと床の真ん中から塗りはじめたところで朝子さんが入り口から顔をのぞかせて、会釈をしながら入ってきた。朝子さんはいつもは裏口にいる。小さな椅子に座って工作する姿ばかりみていたので、表口から店に入ってきた姿が珍しく感じられる。

「ペンキ塗るんですか」朝子さんは顔に笑みをにじませながらいった。めったに笑わない子なのだ。

「ペンキじゃなくて、床に薬品を塗るところ」というと、少し当てが外れたような顔をしたが、僕ではなくて板の間の店長に向かって手伝ってもいいですか、と尋ねた。店長は雑巾を広げながら頷いたので、モップをはい、と手渡す。

朝子さんはペンキを塗るのが好きで、何年か前のフラココ屋の改装のときも内壁の塗装を手伝ったという。このへんは私が塗った、とモップの柄で指していう。へえ、と声をあげたら後ろから店長が「瑞枝さんも呼ぼうか」といった。そのとき瑞枝さんも手伝ったのだという。あのへん、と店長が入り口付近を指し、二人で眺める。瑞枝さんは塗り方が雑だったので、あとから店長が塗りなおしたそうだ。

「どういうわけか、塗るのが好きなんだな、女は」店長はそういうと、壁に立てかけてあったガラスケースの棚板にガラスクリーナーのスプレーを吹き付けた。

「だって楽しいから」朝子さんはモップを動かす。とてもほっそりしていて、そのうえ冬でも薄着で、テレビでみるカンフー映画のオープニングをちょっと連想させる。ついに本人にそういってしまったことがあるが、最近はテレビでカンフー映画をやらないらしく、きょとんとしていた。

朝子さんは、フラココ屋の大家さんの娘だ。大家の八木さん宅はフラココ屋のすぐ裏にあり、朝子さんはそこに住んでいる。現役の美大生だから店長や僕よりずっと年下だが、無口でどこか凛とした気配があり、皆に「さん」づけで呼ばれている。

「でも、なんかこれは違ってた、塗るって感じじゃない」とつぶやきながらモップでのばしていくと、だんだん床に飴のような光沢が浮かび上がってくるようになった。交代しようかと声をかけたが、朝子さんは丹念にモップを動かしつづけて「あ、でもこれはこれでいいかも」とつぶやく。「違う」とか「いい」とか、なにについていっているのか、朝子さんは床の一角を丁寧に塗りあげたところで不意に「あ、時間」といってモップを僕にひょいと手渡し、お礼も聞き流すようにして出て行った。もうすぐ美大の卒展で、準備におわれているらしい。

「マスキングいらなかったね」店長はガラスを拭く手をとめて、朝子さんの仕事ぶりに目を丸くした。

「いや、残りは僕だから、いります」

「そうね」店長は女みたいな言い方をしてガラスにはー、と息をはく。

途中何人か、表に荷物が出してあるのをみて「閉店なんですか?」と心配そうにおずおず入ってくる客がいて、よほど経営を危ぶまれているらしいと店長は舌打ちした。実際、この店舗の売り上げは微々たるもので、インターネットと、神社などで催される古物市での収入で補われているようだ。それでもちょっと店をがらんとさせただけで心配で声をかけてくるということは、買わないけどファンが多いということ

だ。そういうと

「買わないファンなんて」店長はけっという顔をした。

大方塗り終えて、乾かすうちに二階から降ろした家具と入れ替わりになる長椅子を運ぶことにする。

「二階に入りますか、この長椅子」いいながら、踏んでいた靴の踵を指で持ち上げて履き直す。歩道に置かれた長椅子の足の先を両手で持ち、かかえあげた。

「あ、これは本店に持っていくから車に積む」そういう店長の言葉で「本店」の存在を久しぶりに思い出した。二人で長椅子を水平に持って歩く。隣の、大家さんの家の門をくぐり、庭を通ればフラココ屋の裏に通じている。裏口にまわるとワゴンのハッチがすでに開いていた。長椅子が入るだけのスペースも空いている。後ずさりしながら、首をねじって後ろを確認し、ワゴンの荷台に片足を乗せ、よっと力をこめて乗り込む。このときに靴をきちんと履いていないと、ぽろりと脱げたりして困るということを最近やっとおぼえた。長椅子の半分ほどを車に引き上げたところでやっと「本店?」と尋ねることができた。店長は、そう、本店といいながら長椅子を押し込んでくる。ぎりぎりまで引っ張りこんで、最後は自分自身の体が邪魔になるから横によけて、長椅子の脇を小刻みに移動して車を降りる。

このフラココ屋は二号店で、東京の外れに、今ではほとんど倉庫代わりの本店があるのだという。ここを手伝い始めたころにちらっと聞いたきり、店長は一度も本店の話題をしなかったからずっと忘れていた。フラココ屋はその本店から始まったのだ。今のフラココ屋は西洋アンティーク専門だが、本店ではなんでも取り扱っている。説明する店長も、それを聞く僕もしばらく腰に手をあてていた。

夕方、買わないファンの代表の瑞枝さんが入り口の外からやはり「閉店？」と声をかけてきたが、そのときには店長は本店に出かけていた。

「風邪ですか」瑞枝さんは大きなマスクをしていた。長椅子がない、とくぐもった声をあげた。店の奥におかれていた長椅子を気に入っていて、売れませんように、といつも祈っていた。

「本店に持っていったんですよ」マスクをしていても、眉間の動きで不満げな顔をしたのが分かる。

「床に薬品を塗る関係で」瑞枝さんは首だけを戸の奥に突っ込むようにして、がらんとした三和土を眺めた。乾いてきているから入っても大丈夫ですよ、そういったが瑞枝さんは首をひっこめて

「お風呂の道具いらない？」といった。

「いらないです。あ、じゃあ石鹼入れください、石鹼入れ」

瑞枝さんはフラココ屋の二階に居候している僕に、なにかと物をくれたがる。昨年の暮れ、厳寒の真夜中に石油ストーブを運んできてくれたときは少なからず感動したのだったが、あんまりくれるので最近は親切なのか、単に不用品を処分したがっているのか分からなくなってきた。店長は「あげたい病」だという。

瑞枝さんはガードレールをまたいで、車道の端にとめていたスクーターのハンドルに手をかけると、もう一度フラココ屋の中をのぞき込んだ。

「ここは昔は畳屋さんだったんだよ」という。それで僕も振り向いて、なにもない三和土をみた。

「なるほど」そういえば板の間にあがるのに踏み台が必要だなんて、段差が妙に大きいと思った。板の間の奥の収納スペースは、台所を区切っているのと同じ暗幕で隠されている。もとは押入だったらしく襖を動かす溝が残っていたし、塗り直した壁はともかく柱も天井も和室のそれだった。

「石鹼入れか」瑞枝さんはいい終えると同時に大きなくしゃみをした。すぐに大丈夫という合図で片手をあげた。僕は床も乾いた頃合いだろうと歩道に出した椅子などを店に戻しはじめた。

ばいいのに。

「それより、お風呂のかきまぜ棒いらない」風呂道具といわずにはじめからそういえばいいのに。

「うち、風呂ないですよ」銭湯ですよ、知ってるでしょう。

「あるでしょう、風呂」瑞枝さんはうんと若い頃にフラココ屋の二階に住んでいたのだ。

「あるけど、物置になっているんですよ」もうずっと使われてないみたいです。

「銭湯にもってかない？」やっぱりあげたい病だ。

「馬鹿いわないでくださいよ」銭湯にマイかきまぜ棒持っていったら馬鹿みたいじゃないですか。いいながら、先端にプロペラのような羽根をつけた長いプラスチックの棒を脇にはさんで歩く瑞枝さんを一瞬想像する。

そうね。瑞枝さんは会話のくだらなさにはそぐわない乾いた返事をすると、スクーターを押して横断歩道を渡った。

フラココ屋の二階に無料で住まわせてもらうようになって、もうすぐ一カ月になろうとしている。風呂場だけではない、部屋中が店の在庫の家具に占められているが、さっきクローゼットが一つフラココ屋の店舗に移動して少し広くなった。だんだん生活の道具も増えてきている。瑞枝さんが皿や洗剤や、こまごました雑貨をくれたし、店長は小さなテーブルをくれた。窓の外では洗濯ばさみのたくさんついた、なんと呼ぶか分からないが、靴下やパンツを干せるプラスチック製のものが物干し竿に揺れている。前から備え付けられていた竹の物干し竿は黒ずんでいて今にも折れるのではないかと心配になるが、洗濯物がそんなにたくさんあるわけでもない。

自分で買ったものは、部屋の隅で膨らんでいるゴミ袋ぐらいではないか。開いた口からはカップラーメンの器と割り箸とかそんなものしかみえないが、とにかく部屋には生活の気配が漂いはじめている。

それでも定住しているという気持ちだけがいつまでも芽生えない。住民票も移していないし、まだここは仮の居場所という気でいる。かといって新しい住居や仕事を探すでもない。

フラココ屋の店番をしたり、たまに古物市を手伝うだけで一日は過ぎる。焦りもなくて、おかしいなと自分でも思う。

古物を扱っていると、それがせいぜい売り子ぐらいの浅いかかわり方でも、これまで築き上げてきた価値観が狂わされることがよくある。

それはもう捨てた方がいいのではないかと思うような汚れた、昔の水道の蛇口なんかに法外な金額を払う客がいたり、いかにも古くて由緒ありそうにみえる壺が、新興宗教団体がそれらしい古びた肌合いを再現して大量生産しているもので二束三文にもならなかったりする。

あるときアメリカ製の古いラジオをみていた客が「これ、壊れてる？」と指を差して尋ねてきた。

「動きます。ばっちりです」請け合うと「なんだ」と急に声に色がなくなった。

「壊れたラジオを修理するのが好きなんだ」という。ちょうど居合わせた（店の奥で漫画を読んでいた）瑞枝さんが「今すぐ壊しますから」と声をかけたが笑って出ていった。

古道具屋にいるということは、そんなふうに物の価値が転倒している様を間近でみつづけるということで、だんだん生き方もそうなのではないか、と考えるようになった。どんな生き方をしていても突然やってきた客が法外な値段を払うような逆転が起こり、急に莫大な価値が与えられる可能性もあるのではないか、とここまでいうと瑞枝さんは「それは錯覚だよ」と釘を刺した。

「物は古びることで価値をまとうけど、ヒトはナマモノなんだから」新聞の求人欄をみなよ。声がかかるのは三十五までだよ。瑞枝さんは甘いことをいう僕に説教をするつもりはなくて、自分に言い聞かせている風だった。

一月の半ば過ぎ、いつものように店番をしていたら店長から電話があった。

「ちょっとそのまま二階にいってくれる」コードレスホンの子機を耳にあてたまま、裏口に出る。裏口では今日も背の低い椅子に座って朝子さんが木を切っている。木を切って、なにを作っているのか分かったのは最近だ。角材や板をいくつも細かく切り分けていたが、木槌や、大きな木工用ボンドの容器が出てきて、切り分けられたパーツが形になっていくと、それは箱のようだった。箱が出来上がって椅子の脇にいくつか置かれるようになっても、まだなにをやっているのかしばらく分からなかった。目から飛び込む情報と、大脳が理解するまでの時間に著しい差が生じている感じ。

「なにつくってるの」と尋ねて
「箱」と本人も答えたのだから間違いない。間違いないのに、まだ何も答えてもらっていないような感じがしていた。手渡されたのを眺めると、やはりそれは箱だ。一升枡のようだというと、違うよ、といって底をみせてくれた。

「ほぞが真っ直ぐでしょう」直角に組んだ木と木のかみ合わせの部分が、単なる凹と凸だが、一升枡のほぞは斜めに切れ込んであって、より頑丈なのだそうだ。

「枡とちがって、蓋もあるし」といってみせてくれた蓋は、外形の面積が同じ大きさの板に、細い横木が二つ平行に、それは内法《うちのり》にあわせた位置にくっついているだけの、実に単純なものだった。

今日作っているのはもっと細長い箱で、とにかく角材や板を細かく切りながら無数の箱を作り続けているのだ。耳あてをして、自宅から長いコードでのばしてきた小型の電気ストーブでときどき手を温めている。電気ストーブは最近つかうようになった。それまでは寒そうにみえなかったのに、ストーブをつかうようになったことがなぜ室内で作業しないのかという疑問をもたらした。

僕は昔から芸術音痴で、朝子さんの一連の箱作りにシンパシーは感じているのだがそれは漠然としたものでしかない。うかつなことをいえばすぐにボロが出るような気がして、こんにちはと挨拶だけして二階にあがる。

店長の指示通りに風呂場の手前の段ボールやガラクタをよけて、風呂場の扉の前にスペースをつくる。

「木のささくれに気をつけて」端に幾本か釘のうたれて飛び出したままの大きな板きれが扉の前に数枚たてかけてあるのが邪魔で、まとめて持ち上げると玄関外の鉄階段に出してしまう。たてつけの悪い扉をやっとあけ、淀んだ空気の風呂場を眺め渡す。

「ちゃぶ台ないか」あー、あります。直径六十センチぐらいの、小さなちゃぶ台だ。

「悪いんだけどさ。今から本店の方に持ってきてくれる」店長は明瞭にいったのに、のみ込めなかった。

「これ持っていくんですか」小脇にちゃぶ台を抱えて電車に乗るのは滑稽だろう。かきまぜ棒を抱えて銭湯にいくよりはマシか。

「それでは本店の場所を今からファックスしますから」と店長は急にですます調でいって電話を切る。ちゃぶ台を抱えて鉄階段を慎重に降りると、朝子さんが鋸で階段の上を指した。

「あの板」いらないものなら、ください。今さっき階段の脇に退《の》けた板きれのことか。

「でも、あれ釘うってあるよ」店長にきいてみるけど。朝子さんは床塗りに店に入ってきたときのような顔をしている。

店に戻ると瑞枝さんが勝手にあがりこんで、ちょうどファックスから出てくる紙を見守っていた。

「風邪はどうですか」ん、と瑞枝さんは頷いた。鼻が少し赤い。

おくられてきたファックスの紙には二等辺に近い三角形のような地図が描かれていた。曲がるべき角ごとにごちゃごちゃと説明があり、真ん中あたりに星型がある。本店は、二つの駅のちょうど中間だ。店長の星の一筆書きはいびつで、蝿がとまっているみたいだ。地図全体の縮尺からしても大きく、どれだけ大きな店だろうと一瞬思う。

「はじめてのおつかいだね」と瑞枝さんにからかわれる通り僕はあわてていた。シャッターを半分降ろしたところで、はり紙をしなければと気付き、店内に戻ってサインペンと紙を探し、何枚か書き間違える。セロハンテープでは心もとないので、店長が使っていたマスキングテープを十センチほどちぎる。

瑞枝さんと二人、半分降ろされたシャッターをくぐるように表に出た。二つのシャッターを順に降ろして「しばらく空けます」というはり紙を貼ると、瑞枝さんは「夜逃げっぽい」という。

信号が変わると横断歩道を渡り、向かいのバイクショップとヤクルトの間の小道に消えた。瑞枝さんはヤクルトのすぐ裏に住んでいるらしい。いつも忙しいといっているが、フラココ屋でだらだらする時間が長い。

コートの襟をたてて駅までの道を歩く。年が明けてもしんからの冷えがつづく。小金を持っていれば迷わずタクシーに乗りたいぐらいだ。駅前行きのバス停で一応立ち止まる。時刻表の午後一時から五時まではすべて「10　30　50」の三本で、どうせ途中で追い抜かされるだろうと思ったが、待たずに歩き出す。ちゃぶ台は結構重たく、何度か持ち手を替える。

フラココ屋は「骨董タウン」といわれるこの街の骨董屋、古道具屋の中で、もっとも辺鄙なところに位置する。市内の骨董屋のグループで「アンティークマップ」という小冊子を発行して店先に無料で置いているが、それをみればフラココ屋がどれだけ遠くにあるか分かる。駅前の道路が台形状に商店街を形成していて、その台形の一辺だけが北にぐんと茎のように伸びて、そのはるか先にぽつんと咲く花のようにフラココ屋が表記されている。花といえばかっこいいが、なんだか隔離されているみたいだ。紙面上方の「アンティークマップ」というロゴの「プ」の字にほとんど届きそうなぐらいで、ここまで遠く飛び抜けているなら、いっそフラココ屋までの道に省略の≀マークでもつけてくれればいいのに。この地図をみる度に田舎の、不良ばかり通っていた高校を思い出す。町から遠く隔たった、製材所とダムのマークの手前に㊫の印が記されていた。喧嘩で殺傷事件もあったのが隔離されていた原因なのか、殺傷事件を起こしそうだから離されたのか。一度そこの生徒にかつあげされたことがある。

フラココ屋はそれほどではないが、とにかく駅から離れていて、足早に歩いても十五分以上はかかる。駅まで歩くたびに、田舎の高校とかつあげのことまで必ず一度は考える。

　バスに追い抜かされながら黙々と歩き続け、駅で運賃表をみあげ、買った切符を自動改札にすべらせる。階段を上って降りて、ちょうどきた電車に乗り込む。久しぶりに電車に乗るということに動き出した車内でやっと気付いた。座ることが出来、膝下からの暖房に眠くなる。

「こんにちは」と声が降ってくる。

　目の前で吊り革につかまっているのは夕子ちゃんだ。朝子さんの妹で、やはりフラココ屋の裏に住んでいる。夕子ちゃんが「ちゃん」づけなのは店長や瑞枝さんがそう呼ぶからで、本人も姉と呼ばれ方が違うことに不満はないようだった。

「こんにちは」双子のように似ているが、最近見分けがつくようになった。二人とも笑うと八重歯がみえるのだが、夕子ちゃんはそれを気にせずに、にっと笑う。体型も、夕子ちゃんがほんの少し大きいぐらいでそれほど変わらないのだが、夕子ちゃんにはカンフー映画のオープニングを連想することはない。

「あ、どうも」座ったまま会釈する。

「ちゃぶ台だ」二人うつむいて、膝元に立てかけるように置いたちゃぶ台をみる。

「学校？」

「学校」嫌だという意味か、ちょっと白目をむくような変な顔をしてみせた。夕子ちゃんは定時制高校に通っている。私服だが、ビニールの手提げ鞄には校章がプリントされている。鞄の手提げの部分に動物のマスコットがぶらさがっていて、それが手垢で汚れている。鞄にマスコットをぶらさげていること自体に、なにか古くさい感じがある。夕子ちゃんと朝子さんの見分けがつくというのは実はそういう部分で、夕子ちゃんにはなんとなく「隙」がある。その鞄のジッパーを大きく開けて、漫画本を取り出した。単行本サイズの、だが薄い本だ。片手は吊り革につかまったまま、もう片方の手で本を開く。開けたままの鞄の中が目に入る。漫画がもう一冊みえるほかはがらんとしている。

しばらく夕子ちゃんの向こうにみえる吊り広告を眺めていたが、夕子ちゃんがくっくっくっと笑いをかみ殺した声を何度かあげるので

「おもしろいの」と尋ねてみる。

「おもしろい」と笑い混じりにいうと、本をこちらに向けてコマを指差してみせてくれた。そのまま受け取ってパラパラとみる。四コマ漫画だったが、まったく分からない。

ナントカカントカを知らないと分からないけど、とカタカナの名前を挙げながら同

じ漫画の二巻を取り出した。一巻を返そうと思ったが、もう取り出した二巻を熱心に読みはじめている。

仕方ないので一巻をめくって読んでみる。テレビゲームのパロディらしい。物語どころか登場人物の性別すら分からないまま十ページ以上読んだ。僕の降りる一つ前の駅で夕子ちゃんは降りた。ホームで手を軽くあげてきたので、体をねじって手をあげかえす。さっきはよくみていなかったが、真冬なのに夕子ちゃんは膝の出たスカートで、少しも寒そうな様子がない。若さをみせつけられた気持ちになる。電車が走り出し、夕子ちゃんののびた指が少し丸くなり、ねじった体を戻してみるといつのまにか車内はがらんとしていた。

ホームに降り立つと、さらに冷えている。日が暮れかけてきたせいもあるだろうが、郊外まで来たのだという実感が強まる。駅を出てすぐにファックスの地図を広げる。二等辺三角形の右下をみる。駅の上に描かれている楕円は多分目の前のロータリーだろう。ファックスに書かれた文字や図は、それがどんなものでも頼りなげにみえる。書き割りのようにうすっぺらな商店街を少し歩くとすぐに川と畑になった。

小さな橋を渡り、住宅街の道を地図の通りに折れていくと、だんだん細い一方通行になった。アスファルトの「とまれ」の文字が異様に細長い。途中何度もファックスを確認して歩く。お店のある雰囲気ではなくなってきている。いびつな星印の場所にあるのも住宅だった。立派な門に店長と同じ名字。鉄柵から覗けば庭もみえる。二階のベランダが広い。物干し台が設けられていて、もう暗いのに布団がまだ干してある。フラココ屋裏の八木さん宅が思い出される。僕の寝泊りする二階の玄関をあければ鉄階段の手すりのすぐ向こうに、やはり大きなベランダが広がっているのだ。

インターホンを押すと一瞬遅れて受話器を持ち上げるカチャ、という音、それから上品そうな女性の声で「どなた」といわれる。それだけで少しうろたえる。

「あ、フラココ屋の、あの手伝いなんですけど、呼ばれまして」

「あら」それなら裏にまわってくださいといわれ、塀をまくようにして歩く。星の大きさは案外、縮尺通りなのかもしれない。いやいや、さすがにあれほどの面積ではなさそうだ。さっきの声、ずいぶん優雅だったけど誰だろうか。「どなた」と一言いうのに一秒かかっていた。まさか店長の奥さんではあるまいな。店長のアパートはフラココ屋二号店から車で十分のところだったはずだが。

裏に回ると塀に通用口のような小さな扉が開いていた。扉には「フラココ屋」と丸ゴシック体で書かれたプレートが貼り付けてある。

「迷わなかった」扉の奥は広く、幾本か低木の植えられた脇に蔵があった。蔵だ、とみたままを口にしてしまう。半分開いた扉にかんぬきを通す金具がみえる。屋根の形も、テレビかなにかでみた蔵そのものだ。店長はその入口に荷物を出しているところだった。あの長椅子もある。

さっきインターホンで「どなた」っていわれましたよ、といってみる。

「あれ、おふくろ」といわれた。ここは店長の実家だったのだ。頼まれていたちゃぶ台を渡す。蔵の側にはいつものワゴン車も停まっている。

「長椅子やっぱり戻そうかなあ」なにを新たに二号店に持っていくかを思案しているらしい。煙草をくわえ、灰皿を水平に持っている。

「そのほうがいいですよ」瑞枝さんも喜ぶし。そういいながら蔵に入ってみる。中は電球がつってあり、壁も改装が施されているようで、ただの倉庫という感じだ。

「瑞枝さんの喜びなんか考えなくていいんだよ」しばらく荷物の出し入れを手伝っていると、上品そうな女性がお盆にコーヒーを二つ載せて現れた。母親だろう。

「うちの幹夫がお世話になってます」といわれて、思わず今ミキオと呼ばれた店長の方に顔を向けた。店長の名前は知っていたが、初めて聞いたような感じがした。なんだか、学生時代に友だちの家にあがりこんだみたいだ。母親と一緒にいるところをみると、普段は年齢不詳気味なのが、ちょうど四十歳でピントがあうようにも感じる。

店長は手に持った灰皿に煙草を押し付けて、そのままお盆に載せた。

店長は特に母親を邪険にするでもなく、おっ、と声を出してソーサーの端をつまむようにコーヒーを受け取り、僕のことを紹介してくれた。

「うちでバイトしてくれてる」と、きちんと紹介されてもなお所在なさは消えず、へどもどと会釈をした。どなた？という質問ほど今の自分に回答の難しいものはないのだな、と改めて気づく。

「あら、これね」母親は蔵の壁に立て掛けたちゃぶ台の、端のわずかにささくれた部分をなでながらいった。

「どう、使えそう」店長が尋ねると、そうね、あわせてみないとね、という。生け花の花器を置く台にしたいのだという。

「キッチュな感じがして、いいかと思って」母親はキッチュという発語もゆっくりだった。

「今日みたいっていうから急いで持ってこさせたんだぜ」

「じゃあ晩ご飯食べていくでしょう」母親は僕ではなく店長に確認した。口調は少しくだけたものになった。じゃあ、という言葉はなににつながるのか。そうするよねと明るく店長にもいわれ、なんだか困る。店長にも所在なくあってほしいのに。二対一だ。ガラの悪い高校生みたいに「うるせえな、ババアはあっちいってろ！」といってもらうほうが、むしろ楽だ。

あーはい。空気が抜けるような返事をしてしまう。受け取ったコーヒーに口をつけ、ソーサーをどこに置くか迷う。去ろうとする母親に店長は「二階の、とりこんだ？」と尋ねる。あっと声を出して、小走りで戻る。迷って、塀の上に置く。

「生け花やるんですね」いかにも似合いそうに思っていうと

「下手でねえ、あれが」と店長は首を大きく振った。

「そっち持って」店長はコーヒーをもう飲み終えていて、洋箪笥の底に手をかけた。蔵の奥に入り、箪笥を慎重に置いたときに表からぱんぱんと布団を叩く音が聞こえると、なぜかおよばれすることの緊張感がなくなった。

店長は今夜は泊まっていくという。帰り際に、ところで本店の店舗はどこにあるんですか、と聞いて、蔵が本店なのだと教えられる。

「看板あったでしょう」電話や、最近はインターネットで問い合わせてきた客が、ここまで直にみにくるのだという。塀と蔵の間で互いに立ったまま札《さつ》を渡したり、スピーカーの試聴をしたり、コクヨの領収証に収入印紙を貼り付けたりするのだろうか。直にみにくる客にもあの母親がコーヒーを運んでくるのだろうか。晩御飯のときの母親はどなた、といったときほどの上品な気配はなく、食後に失礼、と小声で断って細身の煙草にマッチで火を点す姿が印象に残った。

月が明るい。小さな橋を渡る。蔵にかんぬきをかけるところをみてみたかったなと思いながら歩く。

駅前のロータリーはがらんとしていて、若い男が無言でスケボーのジャンプを決めようとしている。切符売り場までいくと、ちょうど電車が速度をゆるめて駅に入り込む音がする。せきたてられるように切符を買い、階段を二段抜かして走ったが、最後の数段を上りきるところでドアの閉まるのがみえて、気抜けしたままホームに出る。ホームから下をみれば、さっきのスケボー男が飽きずにジャンプを試みている。

ホームに目を向けると、中ほどに女が立っている。なぜさっきの電車に乗らなかったのだろうか。などと考えながらみているうちに、手提げ鞄のマスコットで夕子ちゃんだと気付く。腕時計をみれば十一時半をまわっている。夜学とはこんなに遅くまでやっているのか。さっきは一つ前の駅で降りたはずだが、なぜ今ここにいるのか。夕子ちゃんは携帯電話の画面をみつめている。

声をかけると夕子ちゃんは昼間会ったときよりも驚いた顔だ（いつだって、みつけた側よりみつかった側が驚くのだ）。あれ、とだけいって笑った。行きの電車でもそうだったが、仕事ですかとか、どうしたんですかとか、そういうことを一切聞いてこない。

電車はすいていて、夕子ちゃんと並んで腰をおろした。座ると、夕子ちゃんの膝はすりむけていて、四角い絆創膏の貼ってあるのがみえた。痛そうだし、寒そうでもある。

「こんな時間まで学校あるんだ」夕子ちゃんは歯をみせて、うなずいた。

夕子ちゃんは鞄を開けて中をのぞきこんだ。漫画かと思ったがなにも取り出さなかった。しばらく前の空席をみていたが、不意にポケットから携帯電話を取り出す。それにもなんだか汚れたマスコットがついている。

しばらく無言でみつめていたメールの画面をみせてくれる。「ｆｒｏｍ：マリ」とある次の標題に「満月」とある。夕子ちゃんがボタンを押すと本文には「ですな」とだけ書かれていた。

「満月ですな」つなげて棒読みした。夕子ちゃんはうなずく。

携帯電話を鞄にしまうと、大きな布を取り出そうとして、やめて元に戻した。昼間みたときは鞄の中はほとんど空だったから、学校で受け取った布だろうか。

駅に降り立つと夕子ちゃんは反対側の改札口に向かった。

「こっちが早いよ」呼び止めようとする前にそういわれる。不案内な旅人を案内するように手招きするのでついていく。改札を抜けて薄暗い路地に導かれる。スナック、居酒屋などの店名の書かれた四角い蛍光灯の看板が並ぶ狭い路地だ。こんなところを毎晩歩いて帰ってくるのか。夕子ちゃんは頓着せずに歩く。路地に人気はないが、それぞれの店の前を通ると中のにぎわう音がかすかに聞こえる。

「さっきの布で、なにかつくるの」背中に声をかける。夕子ちゃんはずいぶん早足だ。

「おねえちゃんとかにいわない？」いわないよ。

「瑞枝さんとかにも」夕子ちゃんは立ち止まり、振り向いた。いわないいわない。

「コスプレの服」と夕子ちゃんはいった。春のコミケで着るのだという。ふうん。飲み屋通りを右に折れてガード下をくぐる。反対口から出たのだから当然だ。ガード下にうずくまっている人がいる。段ボールにくるまっている脇を、人の家の中を通り抜けるような気持ちで歩くが、途中で大きくくしゃみをしてしまう。ガード下でくしゃみは大きく反響し、思わず振り向いたが段ボールにくるまった人は特に身動きもしない。

夕子ちゃんは駐輪場に入っていく。自転車を停めてあるのかと思ったら、夕子ちゃんはどの自転車にも見向きもせずに歩いた。近道だから、と短くいう。満月に照らされてたくさんのハンドルが鈍く輝いている中を、膝をすりむいた少女に先導されて鼻をすりながら歩く。

駐輪場の入口と反対側の出口を抜けると、これまで来たことのない道だ。ゆるやかにカーブした道を歩きながら、夕子ちゃんの寒そうな膝の裏をみているうちに、遠慮せずになんでも質問してやれ、と思った。

「ねえ、コスプレってなにをやるの」

「さっきのやつ」夕子ちゃんは神官の役だという。何人かでやるものらしい。仮装行列みたいなものかと思うが、いったら馬鹿にしたことになるような気がして、やめる。

「ほんとは怪盗役がいいんだけど」一人ですることではないから、なにかと気を使うらしい。

背後で電車の通る音がして、振り向いてみる。外灯はまばらでよく分からないが、はるか遠くにうっすらと突き出てみえるのが、いつも通っている銭湯の煙突だと気付く。本当にここは近道なのだろうか。夕子ちゃんは道を折れて住宅街に入った。

「なんで神官じゃなくて怪盗がいいの」と尋ねてみる。さっきの漫画に、なで肩の神官と派手な怪盗が登場していたのを思い出したのだ。女性が扮装するなら、神官のほうがかわいくてよさそうに思える。

「だって怪盗はマントがあるから」と夕子ちゃんはいった。

「ねえ、今まで生きていて、マントって着たことある」ない。話すたびにお互いの白い息が夜闇にすいこまれていく。

「一生ないかもしれないでしょう」だから着てみたいの、と夕子ちゃんはいう。

「コミケって楽しいの」

「楽しいよ」はずんだ声になった。どう楽しいのか言葉が続くのを待ったが、特にないようだった。空き地に足を踏み入れる。空き地は三方を塀で囲まれており、道に面しているところも鉄線が張ってあるが、人が通れるだけのすき間もあった。空き地の左側の塀ぎわになぜか物干し台があり、シーツが夜風に揺れている。

「いつも干してあるんだ」夜なのに、と付け足す。空き地というのは我々の一方的な解釈で、普通に自分の敷地に洗濯物を干しているというだけなのではないか。

「僕もよく洗濯物の取り込み忘れるよ」というと、それとは違うという目で見られる。もっとなにかこう神秘的なものを感じとるべきらしい。

空き地を斜めに渡りながら
「コミケのこと、なんで皆にいっちゃ駄目なの」と尋ねてみる。

「だって」といった後でしばらく考えているみたいだった。

「おねえちゃんが何をつくっているか知ってる？」と逆に尋ねられる。

「箱でしょう」

「箱をつくってどうするのかな」

少し考える。

「そうだな」どうするのかな、という夕子ちゃんの声の響きに、なんとなく批判的なものが感じられる。

三方を塀にかこまれた空き地には通り抜けるところがないと思っていたら、夕子ちゃんは塀ぎわに落ちている一斗缶に足をかけて、塀をよじのぼった。

「マジっすか」昔つきあっていた女も夜中に塀をのぼった。女はペンキを塗るのと、塀をよじのぼるのが好き。一斗缶はこれまで何度も踏み台にされてきたのか少しひしゃげている。

塀にまたがった状態で空き地をみやれば視界の端でシーツがゆれている。塀の向こう側には一斗缶のような踏み台はなく、とても高くみえる。夕子ちゃんは細い路地に停めてあった自転車のハンドルをもって僕を待っていた。

「そんなことしてどうするのって問いかけてくる世界から、はみ出したいんだよ」ようやく答えを思いつき、小し大きな声でいいながら塀を飛び降りる。コートがブロック塀にすれて、ボタンのちぎれた感触がする。地面に降り立って落ちたボタンを探した。

「おねえちゃんは、私のコスプレを、そんなことしてどうするのっていう目でみるよ。でも、箱もコスプレも同じじゃないの」夕子ちゃんの口調にはさらに切実な響きが混じっている。ここは大事だぞ。この会話のハイライトだぞ、と気を引き締める。引き締めるが、何をいえばいいのか分からなくなる。

「同じだよ」僕は暗い地面をみまわしながらやっといった。夕子ちゃんはふとかがんで、足元にあったボタンを拾い上げ、無言で僕に手渡した。それから「そうかな」といって自転車を押して歩き出した。未舗装の道の左手は金網で囲まれた運動場。右手はブロック塀越しに一軒家が何軒かつづく。振り向いてみればこの道は行き止まりということが分かる。

「変な道だね」

「こないだ、ここで転んだ。自転車で」

「ほんと、大丈夫」自転車の車輪がちりちり、と音をたてる。

「大丈夫じゃない」淡々とした口調でいい、夕子ちゃんはまた立ち止まった。振り向いて膝の絆創膏を指で差してみせる。

「なんか、雨で道がぬるぬるしてて」と、手で持ったハンドルをゆらゆら動かしてみせる。

「ハンドルをとられたんだね」というと、いぶかしげな顔で黙った。

「多分そう」といってまた歩き出す。ハンドルをとられるという言い方を初めてきいたのかもしれない。

道の突き当たりはT字路で、夕子ちゃんが左に歩き出したので心配になる。自分の地理感覚では、ああいって、こうきて、こうきたのだから、ここは右のほうがフラコ屋に近づくように思えるのだが。

夕子ちゃんは大きな家の門をくぐった。人の家に入っていくような歩き方ではない、道を歩くときと同じ調子。横長の楕円形の表札に「西園寺」とある。門柱の上には照明もついている。あわてて後を追う。

「ちょっと、怒られない？」

「大丈夫」夕子ちゃんは静かな声で僕の二の句を制した。さっき塀を乗り越えたあたりで、すでに「大丈夫」と一度いわれていたような、そんな錯覚を抱く。石畳の道が二手に分かれている。細い方の道をしばらくいくと家の裏庭に回り、そのまま竹林に出た。ふりむいて西園寺さんの家屋を見上げるがどの窓も明かりが点いておらず、静まりかえっている。八木さんはこのへん一帯の地主だときいたことがある。ここもフラココ屋と同じ、八木さんの土地なのだろうか。

真っ暗な竹林の真ん中を割ったように道が出来ている。道幅が少し広くなったので夕子ちゃんと並んで歩く。ざわざわと竹の葉ずれの音が、かなり上の方から聞こえる。見上げれば、わずかなすき間から月が明るく差し込んでいた。並んで自転車を押していた夕子ちゃんも空を見上げると立ち止まり、おもむろに携帯電話を取り出した。指を素早く動かす。

「さっきの返事」といいながら、神妙な顔で画面をみつめている。

「なんて返事したの」というと、さっきと同じように画面をみせてくれる。標題が「そう」で、夕子ちゃんがボタンを押すと本文は「ですな」だけだった。最近は若い女子の間で詠嘆がはやっているのか。

「一応、本当に満月かどうか確認してから返事したの」夕子ちゃんはうん、といって携帯電話をポケットにしまった。

「ここも八木さんの敷地？」小声で尋ねてみたが、さあ、と気のない返事。

「ボタン」あ、うん。コートを見下ろす。ポケットには大きなボタンがほつれた糸をくっつけたまま、ずっと入っている。

「後でつけてあげようか」うん、いや、針と糸だけ貸して。

「ここ」といって夕子ちゃんは道の先を指差した。朝子さんに似た、唐突な指し方。

「抜ければ、もう分かると思うから」不意にいうと夕子ちゃんは自転車にまたがった。

「分からないよ、ちょっと」自分でも思った以上に情けない声が出た。ボタンをつける会話からなぜそうなるのか、夕子ちゃんはどんどん自転車をこいだ。ウィンウィンウィン、とライトの発電する音とともにいってしまった。呼び止めようと思ったが、また竹林に情けない声音が反響するのも嫌で、仕方なくまっすぐ歩く。夕子ちゃんの自転車のライトが遠ざかっていく。自分の感覚では、まだフラココ屋まで半分ぐらいしか近づいていないはずだ。ざわざわ、とまた上のほうで葉ずれの音が鳴った。

　長い竹林の道はどんどん細くなって、いきなり舗装された道にぶちあたった。周囲は見慣れぬ住宅街で途方にくれる。夕子ちゃんの自転車のライトがずっとまっんでいったことを思いだし、道を渡り正面のとりわけ細い道に入ってみる。昔の木造社宅のような平屋がいくつか密集した場所で、すぐに間違えたと思う。西園寺邸と違って、どの社宅もカーテンごしに明かりが漏れている。テレビの音もかすかに聞こえる。地面が柔らかいと思ってよく目を凝らせばそこはどうやら小さな菜園らしく、あわててよける。よけたすぐ先の社宅の壁に錆びた製薬会社の鉄看板があり、中でほほ笑んでいる昔の女優と目があったときに、なんだかため息が出た。後でつけてあげようか、といわれたボタンをポケットの中で弄びながら、引き返そうとしたときに「あれえ、君」と小さな声で呼びかけられる。なんだか聞き覚えのある「君」の言い方だと思って声の出所を探すと、左手の木造平屋の小さな古い窓から瑞枝さんが顔を出していた。

「あれ」瑞枝さんの顔はすぐに消え、玄関からあわてて出てきた。厚手のセーターをきて、身をちぢませながら。

「なんでこんなところにいるの」

「なんでこんなところにいるんですか、瑞枝さんこそ」

「私ここに住んでるもん」嘘、あれ、おかしいな。そういえば玄関前に停めてあるスクーターは先月瑞枝さんが買ったものではないか。

瑞枝さんの家をまくように歩くとすぐに舗装された道に出て、目の前に横断歩道があり、その正面にはフラココ屋があった。昼間、自分で貼ったはり紙は風にめくられて、貼ったテープが蝶番《ちょうつがい》のようにパタパタと動いている。

「なんで」なんで、と二回か三回、僕はいった。なんでの後に続く言葉がたくさんあって、フラココ屋の看板をみたり、腕時計をみたり、ついてきた瑞枝さんの顔をみたり、その脇のバイクショップのひさしを見上げたりした。

「大丈夫？」追いかけてきた瑞枝さんも二回か三回、あまり親身ではない、呆れた口調でそういった。瑞枝さんの手にはプラスチックの石鹸入れが握られていた。

フラココ屋隣の八木さん宅の門をくぐる。今日は立派な門をいくつくぐったのだったか。裏に回るとフラココ屋の二階にのぼる鉄階段の一番上に夕子ちゃんが立っている。

夕子ちゃんは糸を通した針を指につまんで待っていた。

「つけてあげるよ」

「ありがとう。でも自分でつけるよ」じゃあ、明日、かえしてね。

狭い鉄階段の踊り場で、針を右手で、糸は紙の糸巻きごと石鹸箱をもった左手で受け取る。

「裁縫好きなの」コスプレのことを思い出して尋ねると「好き」とこちらを見ずに、だが歯をみせて笑った。

「神官の服、今度出来たらみせてよ」朝子さんの卒業展は、来月皆で観にいくことになっていた。だから夕子ちゃんの作品も観たいといってあげるべきだと思ったのだ。

「みせなーい」と語尾をのばして夕子ちゃんはまた笑った。

「今日のこと、おねえちゃんとかに内緒にしてね」いいながら、踊り場の手すりをまたぐ。自宅のベランダにひょいと跳び移った。

「コミケのこと?」

「……も、そうだけど、帰りの駅が違ってたこととか」ああ。そんなこと忘れていたよ。僕は針をつまんだまま右手をふった。夕子ちゃんは広いベランダをひたひたと小走りで家に入っていった。

翌日、フラココ屋の店先にも常備されている「アンティークマップ」を一枚抜き取り、店の奥で広げながら昨夜の道筋を考える。居酒屋の通りを歩いてガード下をくぐるあたりまでは分かるが、そこから先は空白だ。このへんが西園寺邸、ここが竹林。最短距離になるように見当をつけてみる。

夕方、本店から長椅子が戻ってくると瑞枝さんは嗅ぎ付けたようにやってきた。おすそわけのタッパーに入った五目おこわを僕に渡し、深々と腰を下ろして満ち足りた様子だ。地図をみせて竹林のことを尋ねてみるが、そういえばあったような気がする、と頼りない返事をされる。

何日かして、また本店におつかいの用事が出来た。シャッターを降ろし、はり紙を、今度は風で動かないように上下をテープでとめる。二階の風呂場から、片手でやっと持てる大きさの桐箱を取り出して来て風呂敷に包み、階段を降りるとちょうど朝子さんが家を出るところだった。

朝子さんは「あの板、すごくいいです」と嬉しそうにいう。

「古くてガタのきた箪笥をばらしたときの引き出し部分の底板なんだって」朝子さんは釘を一本一本抜いて使ったのだそうだ。

二人で表に出たときにふと思いつく。

「そうだ、駅までの近道って知ってる？」朝子さんはゆっくりと首をふった。

横断歩道を渡りバイクショップの脇の道を入り込み、竹林を目指す。夕子ちゃんの口止めにはこの近道も含まれていたのかもしれないと思い、一瞬気持ちがひやっとしたが、朝子さんは「もしかして竹の道？」それなら前に夕ちゃんに教わったという。

夕ちゃんはね、いろんな道を知っているんだよ、とつづけた言葉は少し自慢そうな響きだった。

夜は気付かなかったが竹林の入り口には「通り抜け禁止」と看板があった。しかし向こうからどうみても西園寺という感じではなさそうな若い男が自転車でぬっと現れたのに勇気づけられる。朝子さんと顔を見合わせて、歩を進める。

うっそうとした竹林はやはり人の気配と遮断された異世界の感じに満ちている。西園寺邸の前庭は急ぎ足になる。朝子さんは無言だった。横顔がいつも以上にりりしく、重大な使命を帯びたくのいちとか隠密とか、そんな表情にみえた。

金網越しの運動場ではなにか運動部の部員が輪状に広がって柔軟体操をしている。それを横目に土の道をまっすぐ歩いているうちに、やっと気付く。手ぶらのときはいいが、重い桐箱を抱えているときにどうやってあの塀を乗り越えればいいのか。

突き当たりがまだ先にみえているうちに立ち止まる。一斗缶もないこちらから、夕子ちゃんはどうやって塀をよじのぼったのだろうと考える。朝子さんも遅れて立ち止まる。朝子さんはどう考えても塀を越えられるとは思えない膝丈のコートのポケットに両手をつっこんでいる。そして僕がへまをやったことに早くも気付いた顔をしている。

夕子ちゃんが自分の自転車を塀際に停めて、上手に踏み台にしている様が脳裏にまざまざと浮かんだ。遠くで運動部の一人が「いーちにーさんしー」とはじめると、大勢が「ごーろくしーちはち」と唱和した。

「あれえ」と、僕の口からやっと出た言葉はそれで、朝子さんの方をみる。朝子さんは呆れているのか、怒っているのか、そのどちらでもないような顔で「戻りますか」と詠嘆まじりにいい、くるりと踵を返した。

幹夫さんの前カノ

フラココ屋で電話が鳴っている。夜の三時、普通なら気付かない時間だ。

明日の午後から品物を引き取りに来客がある、そう店長にいわれて二階の部屋を整理していた。掃き掃除はすぐにすんだ。狭い玄関から外に埃を追い出すようにすると、それでもうやることがなくなる。部屋は僕が暮らし始めるより前からフラココ屋の在庫に占められていて、居住している空間は一畳と少しだ。最近は「健康で文化的な最低限度の生活」という言葉をしばしば反芻するようになった。その狭い中に散らばった洗濯物をビニール袋に入れて押入におしこみ、たまったごみはとにかく裏口の鉄階段の下に置こうと思い、半透明のごみ袋二つを抱えて降りてきたところだった。霧雨が降っている。

こんな時間の電話などろくな用件ではなさそうだ。無視しようかと思うが、裏口からかすかに漏れる音がなにか切迫した響きに思えてくる。少し前にファックスつきの電話が壊れてしまい、昔の黒電話と取り替えたのだ。昔の電話のベルは今のと比べても緊迫感が違う。絶対に出なければならないという気持ちにさせられる。割れた植木鉢に隠した鍵を取り出し、南京錠を外して店に入る。

裏口の狭い玄関で振り向いてブレーカーをあげ、暗幕で区切られた店内に入り、やっと出ると瑞枝さんからだった。

「どうしたんですか」

「あのね、私ね」涙声なので驚く。

「どうしたんですか」返事がない。どうしたんですか。大きな受話器にすがるように呼びかける。

「スクーターでこけてね」血の流れがさっと変わるような気がした。

「どこにいるんですか」

「血が出ててね」店内の明かりがすべて点いていた。少し前まで薄暗かったのだが小さなシャンデリアを二つも入荷してからは、まぶしいくらいだ。ファックスを修理に出している間、閉店時も照明はいちいち切らず、ブレーカーを落としていっぺんに消していた。

くるくると巻かれた受話器のコードをぴんと張らせながら部屋の隅の照明のスイッチまでたどりつく。その間に二回か三回、今どこですかと大声で尋ねた。

血が出ててさぁ。瑞枝さんはまたいった。

天井から売り物の照明がいくつかぶらさがっている。半分ぐらいの明かりを消した。部屋の整理の途中で、下着の上にいきなりコートだから、だんだん鼻水が出てきた。同時に落ち着きを取り戻した。いったん電話の前までもどり、電話機ごと手に持った。石油ファンヒーターのスイッチをつける。瑞枝さんはいつもこのスイッチを足で押す。

「今？　今どこなんだろう」昼間売れたテーブルの「売約済」のシールが剝がれそうなのを指でおさえながら、僕は売り物の長椅子に腰をおろした。瑞枝さんが気に入っていて、いつも寝そべりにくる椅子だ。

「血はどうなんですか」

「血？　出てる」たよりなさそうな声がつづく。すぐにその携帯電話で救急車を呼ぶべきだと告げる。

「マンホールですべってさ」今、どこですか！

「めちゃくちゃ痛いよ」瑞枝さんはこちらの言葉が聞こえないみたいに、思いつくまま短い言葉をつづけた。怯えた声に涙が混じって子供のようだ。

「とにかく早く病院いかないと駄目ですよ！」

「うん、そうなんだけど、なんか自分の体から血が出てるのって怖くってさあ」瑞枝さんは泣きながら歩いているみたいだった。

「駄目ですよ、動いたら……」

「あ、タクシーきたから乗ってく」さえぎるように瑞枝さんはいった。

「夜中にごめん、大丈夫」また電話するね。

「いや、ごめんとかじゃなくて、今だいたいどのへんなんですか」ほとんど怒っているような声でいいかけているところで電話が切れた。

直後に表を車が通り過ぎる音がして顔をあげた。エンジン音と別に、タイヤが水を散らす音が混じっている。転んだのはすぐ近くだったのではないか。瑞枝さんはフラココ屋の向かいの、ヤクルト専売所のすぐ裏に住んでいるのだ。

ファンヒーターで空気が暖まってきたが、くしゃみも出た。コートの裾からみえる、すね毛だらけの足をすりあわせて考える。電話で続報があるかもしれない。

二階に戻っていったん寝巻を着て、上からコートをかぶりなおし、文庫本とのみかけのカップ酒を持って階段を降りる。店の脇を回り、大家さんの家の前庭を通って表に出る。歩行者信号機の赤い光がまぶしい。車道を左右に見渡してみるが転がったバイクはみえない。ひたひたと犬が遠ざかっていくところだ。白い息をつき、手にしたカップ酒をのんだ。

店に戻る。長椅子に寝ながら英国製電気スタンドの明かりの下で文庫を開く。なかなか頭に入らない。売約済のシールがまためくれて丸くなりかけている。外は雨だが空気がかなり乾燥しているらしい。

文庫をめくりながら、時折電話の方に顔を向ける。

瑞枝さんの怪我はどの程度なのだろうか。泣き声ではあったが頭ははっきりしていたようだ。血が出ていると幾たびも繰り返していたのは、自分でも驚いていたのだろう。とにかく連絡を待つしかない。タクシーに乗ったということは、スクーターは放置したままなのか。近くだとして、マンホールのあるところといえばどのへんだろうか。いろいろ考えながらも、頭に入らないと思っていた文庫が、気付けばけっこうページが進んでいる。真夜中に売り物のアンティーク家具を独り占めして好きに使うのは、こんな深刻な状況にあっても悪くない気がしてくる。大体、僕は深刻な状況に飽きやすい質《たち》のようだ。連絡を待てと連絡を受けたときもそうだった。小学六年生のときに祖母が亡くなり、家で迎えを待てと連絡を受けたときもそうだった。大好きだった祖母の訃報にめそめそ泣いたのははじめの一時間くらいで、父が迎えにきたときにはお笑いスター誕生をみて大ウケしていた。

置き時計が五時を告げたのを機に立ち上がり、カップ酒のおかわりを買いにいくかどうか迷った末にやめて、かわりに台所でお湯を沸かす。

それよりも、とやかんの下のガスの炎をみながら思う。瑞枝さんが事故にあったときに真っ先に連絡しようとしたのはフラココ屋だった。この時間、バイトの僕は二階で寝泊まりしているし、店長は家が別にある。それでも瑞枝さんはここの電話を鳴らした。

瑞枝さんは「長い長い」別居をしているといっていたが、一応は結婚しているのだから、そちらに連絡してもよさそうだし、実家だってあるだろう。そういえば原付免許の筆記試験に合格したときもここの電話に報告してきた。ティーバッグのお茶を手に、店内に戻る。

店の外の、降ろされたシャッターの裏側をみる。また表を車が通り過ぎた。やはりタイヤが水をはじく音が混じっている。

今年の冬は本当に寒い。転んで瑞枝さんは濡れなかっただろうか。

こんなとき。自分ならどこに電話するだろう。お茶に口をつけるが、まだ葉がほとんどひらいておらず、お湯の味がした。文庫に栞を挟み、長椅子に仰向けになって不意に思う。

自分もそうする。

そう気付いた。ここにしか、電話のしようがない。実家はうんと遠いし、ともに暮らす家族もない。

こんなとき、というのは単に怪我をしたとき、という意味にとどまらない。自分の身体から血がどくどく出てくるのをみたとき。自分がどれだけ死に近づいたのか、それすらも分からないような危機になったとき。そして自分の声や意識や、態度や意向を誰にも伝えられなくなるかもしれないのだと感じたとき。そんなときに電話するのは、実はここぐらいだろう。

それはフラココ屋が心の拠り所であるというような、そんな格好いいことではない。本当には僕は、多分どこにも電話しなくていいのだ。とりあえず最後に電話するなら、ここぐらい。

なんだか今自分は、とても寂しいことを考えているのかもしれないと意識しながら、眠りに落ちる。

どこかで海猫の鳴き声がする。毎日朝になるとかすかに聞こえるのだが、二階で寝泊まりしているときよりも少し大きく響く。工場の機械かなにかがきしんでいるのだろうと見当をつけているが、近所に工場はない。

ノックと「フラココ屋さん」と激しく呼ぶ声で目を覚ました。あのおばさんくさい男の声は大家さんだ。裏口を出たが大家さんはいなくて、鉄階段をあがった二階の、僕の部屋をノックしていた。

「困りますよ」大家さんは階段を降りて燃えないごみの袋の側に立った。昨夜のままほっぽらかしにしてあった。

「すみません」なにが困るのか聞く前にもう謝ってしまう。店長の真似だ。門の前に長く駐車していたり、塗り替えのペンキを地面に散らしてしまったときなんかに大家さんはめざとく叱ってくる。

僕の着ているコートの襟のすき間や、足元からみえる寝巻の柄を注視しながら、カラスがすごいんだからさ、明け方のカラスをみたことあるかいあんた、といった。いつもの店長の謝り方を思い浮かべながら、頭をさげる。

店長は大家さんにがみがみいわれても、あまり気にしていないみたいだ。馬耳東風というわけではないのだろうが、いつもぺこぺこと謝って、しかしストレスを感じていない風にみえる。それどころかいつだったか

「今日び、大家と店子という関係は貴重だよ」などといっていた。今や都会の大家なんてものはおしなべて年寄りだ。足腰も気力も弱り、大方は田舎にひっこんでいる。賃借人との間に入るのはたいてい不動産屋だ。もっとも重要な交渉事である家賃の支払いも銀行振込になり、入居時にはあらかじめ火災保険にも加入させられるから、ある意味監督する必要すらない。今や大家と店子の丁々発止の抜き差しならぬ関係などは望むべくもない、と。

それがどんなものであれ「関係」やつながりを珍重すべきものとする発想には感心するが、実際にがみがみいわれると気落ちしてしまう。たしかに大家さんの「困りますよ」は、何十年それを言い続けてきたかのような揺るぎなさというか、生き物の鳴き声めいた気配があるにはあった。

仕方なく店の裏口を開けて、狭い台所の脇に袋を二つとも押し込むように置いてしまう。そのまま表に回って、店のシャッターを半分開けてくぐる。

板の間にあがって石油ファンヒーターをみれば「給油」のところに緑色のランプが点灯していた。昨夜消し忘れたのだ。カートリッジ式になっているタンクを引っ張るように取り出す。灯油のポリタンクは裏口にあるので店の奥から出ようとしたら自分がさっき置いたごみ袋のせいで通れない。舌打ちして、表から出る。寒い日が続いていたが、今日はとりわけ冷える。昼になっても気温は夜と同じで、まるであがっていないようだ。

大家さんの敷地を通ってフラココ屋の裏に戻った。大家さんの姿はなくて、ほっとする。タンクは鉄階段の下にガラクタと一緒に置かれていた。ポリタンクの下にはタオルの雑巾が挟んであって、いつもこれでカートリッジの蓋をつまんでねじる。もう何年使っているのか、タンクやポンプよりも、この雑巾が一番石油臭い。石油ファンヒーターや灯油タンクよりも年季が入っているのではないか。

給油ポンプの枝分かれした管をタンクとカートリッジの両方に差し入れて、赤いポンプを手で何度か押し込み、しゃがんで待つ。わずかなあぶくを浮かべながら灯油の流れ込む様子や、カートリッジに灯油が満ちていく気配に接しているとなにやら豊かな気持ちになってくる。

背後で扉の開く音がして、大家さんの家から夕子ちゃんが出てきた。そのまま斜めに歩いてこっちにやってきた。

「こんにちは」さっきおじいちゃんに怒られたよ、としょんぼりいってみると

「わたしもー」といって笑った。夕子ちゃんは大家さんの孫だ。容貌からずいぶん年の離れた親子だと思っていたのは僕の勘違いで、親は海外にいっていると店長から聞

いた。

僕は瑞枝さんの怪我の話をした。

「大丈夫かな」

「うん。タクシーに乗り込むときの声はいつものようにはっきりしていたから、たぶん」そう、ならいいけど。夕子ちゃんは透明な灯油が管を流れるのをみつめている。

「そのポンプ、ドクター中松が発明したんでしょう」

「そうだよ」二人で灯油の流れ込むすんだ音に耳をすます。

「ドクター中松、好きなの」ううん、よく知らない、と夕子ちゃんは笑った。

「朝子さんの具合はどう」

「まだ寝てる」姉の朝子さんは三十九度の熱を出しているという。いつもこの裏口に陣取って卒業制作にとりくんでいたのだが、そんな薄着で作業していたら風邪をひくとつねづね思っていた。瑞枝さんが大きなマスクをして、店長が鼻をするようになってもずっと外にいる朝子さんだけはびくともしなかった。若さとは丈夫ということだな、と感心していたのだが、ひいたらひいたで驚いた。

卒業展は二週間後に迫っているはずだ。後れ毛を幸薄そうに張りつかせて追い込みの作業をする朝子さんの姿が今からもう容易に思い浮かぶ。

「夕子ちゃんの方はどうなの」夕子ちゃんも春にはコミケがある。幾人かで同人誌を売ってコスプレもするといっていた。コスプレの話は僕にだけ打ち明けられた秘密だ。秘密なのだが、店長も朝子さんも、常連客に過ぎない瑞枝さんまで知っている。それは夕子ちゃんが「あなたにだけ」といいながら本当は全員に教えているというのではなくて、単に夕子ちゃんは隠すのが下手なのだ。大家さんですら「夕も、あれもマンガばっかりよんで、変な友達と変な格好して」と愚痴をいっていた。皆、夕子ちゃんが怒るので、なにも知らないことになっている。夕子ちゃんがコミケの話をするとなぜ怒るのかは、なんとなくしか分からない。

少し前に大家さんの「八木」という表札の下の郵便受けに入りきらない荷物が届いた。八木宅は留守だったので、お隣ということでフラココ屋が預かったのだが、そのばかでかい荷物は印刷会社からで、「八木夕子様」宛だった。女子高校生のところに届くような雰囲気の包みではなかったが、翌日に引き取りにきた夕子ちゃんは「どうもすみません」といいながらよろよろと抱えて出ていった。その不自然さよりも、店に居合わせた店長も瑞枝さんもうつむいて無言になったのがよほど不自然だった（店長も僕も「重そうだから持とうか」という儀礼すら忘れていた）のだが、とにかく全員、夕子ちゃんのコミケのことを少しでも知っていてはいけないという暗黙のルールを忠実に守ったのだ。

「これから学校？」夕子ちゃんは頷くと、今日は先生に会うんだ、と小声でいった。にっと笑い、八重歯がみえる。

夕子ちゃんにはコミケとは別にもう一つ秘密がある。こちらからコスプレの服をみせてというと嫌がるのに、何もいわないでいると、夕子ちゃんは物足りないみたいに自分から秘密を教えてくる。

先日、店長のおつかいで夕子ちゃんの通う定時制高校の割と近くまでいったら、帰りの駅でばったり会った。定時制とはいえずいぶん遅い時間のことだったし、高校の最寄り駅と、夕子ちゃんと会った駅は一つずれていたから違和感はあったのだが、夕子ちゃんは僕が気にする以上にそのことを気にしていた。後になってもふわふわと僕のまわりにやってきて、僕がなにか勘ぐってはいないかを勘ぐってきた。

僕がなにも気にしていないと知ると、それが物足りなかったかのように、店番しているときに不意にやってきて、私、先生とつきあってるんだ、と教えてくれた。

こちらの秘密はまだ周囲も気付いていないようだが、それは夕子ちゃんが用心深くしているからというよりも、周囲がなんとなく夕子ちゃんをみくびっているからかもしれない。漫画やコスプレにかまけるタイプは現実の変愛などは不得手だろうという先入観があるのではないか。だがそれは男性のオタク少年にのみありがちなことで、女の子はかわいければ、オタクでも恋愛する。ただ、夕子ちゃんはしゃんとしているときはかわいいのだが、しばしばだらしない笑い方をしたり、猫背気味で動作がもっさりしていることが多くて、それで僕も油断していた。

カートリッジ式のタンク上部の窓に灯油がみえるようになった。間断なくつづく音は、少しずつ音程があがってきている。少し緊張しながら、そろそろと赤いポンプのつまみをまわして空気をぬくと、二股に分かれた管の中の液が、重力でポリタンクとカートリッジの両方に少量ずつ落ちた。雑巾でつかんで、カートリッジの蓋をきつくしめる。逆さにして持ち上げると夕子ちゃんも満足した、というように家に入ってしまった。

石油ファンヒーターをつけなおし、昨夜寝る前にいれたきり冷たくなったお茶をごくごくと飲み干した。

半分開けていた店のシャッターを全開にしたところで電話が鳴る。急いで出ると店長からだった。

「今日取りにくる人ね、ここまでこれなくなったっていうんで、こちらで車に載せて、先方の指定したところまでうかがうことにしたから」あーはい。

「それはいいですけど、瑞枝さんが怪我したみたいです」へえ。店長は深刻そうでない声をあげる。
店長はすぐにやってきた。フラココ屋の近所のアパートに奥さんと子供と三人で暮らしている。

「バイクでこけたって。昨夜遅くに電話があって」

「やっぱりね」店長はいった。なにがですか。

「あの人こけそうだったもん」などという。心配ではないのだろうか。しかしいわれてみればその通りで、瑞枝さんは俊敏な反射神経を持っているタイプにはみえない。
店長が二階から降ろして積み込むといったのは絵だった。二階にはフラココ屋の在庫の家具がたくさん置かれていて、ときどき降ろしたり新たに入荷したのを入れ替えていた。絵は号数のかなり大きなもので、壁にたてかけられ布をかぶせてあった。

「グリフィンの油絵」店長はいった。家具はもう何度も出し入れしていたが、絵の運び方はまた勝手が違う。

「グリフィン？　聞いたことありますね」美術の教科書にもそんな名前があったように思う。グリフィンは油絵よりもエッチングが有名で、それはなぜかというと、作者が一枚刷ったら原版を破棄してしまう主義だからだ。だから版画でも高額になるのだと店長は説明してくれた。

「油絵も、もし本物だったら一枚何千万ってところだ」

「レプリカですか」絵はサイズからすれば一人でなんとか持てるぐらいだが、額が立派で重い。二人で端と端を持ってしずしずと運ぶ。二階の玄関を開ければすぐに鉄階段で、すぐ向こうには大家さん宅のベランダがみえる。はじめ玄関を通すために縦に運んでいたが、階段は横に持ち直して、手すりと平行になるようにして降りる。

「これから鑑定してもらうんだって」

「ということは、本物かもしれないってことですか！」大声出さないでよ。店長はときどき口調が女っぽくなる。

「出しますよ！」何千万の絵と一緒に寝泊まりしてたってことでしょう、僕は。

「五枚あるから、全部で二、三億ってことだね」

僕は黙った。何を怒っているのか、これは怒りなのかもよく分からない。二階の貧相な六畳間の、日に焼けた襖や埃っぽい風呂場などが思い浮かぶ。

「本物じゃないと思うよ」励ますような慰めるような声でいわれる。店長はなぜ平然としているのか。いつも大して儲けているでもないくせに。

持ち主はフランス人で、名はフランソワーズという。どこかの家に引き取りにいき、二束三文で仕入れたものだったが、一目みるなりフランソワーズは、これはグリフィンが描いたものだと言い張った。もう五年近く前に手付けをうって、それきりになっていた。

絵はワゴン車の天井につっかえるので、斜めにしていれた。天井と床にクッションがわりの毛布をあてて、奥まですべりこませる。

「フランソワーズって、いかにもフランスっぽい名前ですね」助手席に座り、シートベルトをしめる。

「うちの常連だったんだよ、それも瑞枝さんと違って、よく買う客」二十年近く前から日本の大学で教鞭をとっていたが、父親が倒れて三年前からしばらく戻っていたそうだ。今日、成田に着いたところだと電話があった。

フランソワーズとは新木場の、港のすぐ側の画廊で直に待ち合わせたという。

「そんなところに画廊ですか」尋ねたのに

「なあ」店長も不審そうにいった。

「その場で専門の人に頼んで梱包から発送までやってもらうんだって」いいのかなあと思う。数年にわたって、なんの気配りもないただの汚い和室に保管されていた絵に、最後の最後に手間暇かけてどうするか。

「混んでますね、道」間に合いますか。待ち合わせの時間はもうすぐだ。

「多分、向こうも渋滞に巻き込まれているはずだ」フランソワーズは昔から方向音痴だったし、数年ぶりに成田に着いたばかりで、我々より土地勘があるはずもないし、先に着くはずがないから大丈夫だと店長はいう。

「そういえば瑞枝さんはどうだって」

「あれから連絡ないんですよ」そうか。

「電話の声は割としっかりしていたけど」

「スクーターは危ないんだよ」座る形だからさ、転んだときに身体ごと投げ出されてしまうんだ。バイクみたいにまたがる形の方が滑ったときにはいいんだと店長はいう。

渋滞は五キロ先までつづいているとラジオが報じた。瑞枝さんは、子供が産みたいんだよねと店長はつづけた。どういう脈絡でそんな話題になったのか、僕はえっといった。子供が産みたいからバイクが事故った。

「離婚はしたいけど子供はほしいのよ」店長は言い直した。ああなんだ、そうですか。店長の中で、スクーターの危なさの話は終わっていたのだ。子供産みたさに顔をゆがめながら、バイクを疾走させる瑞枝さん。言葉の不正確さとはまた別に、その様子はなぜかありありと想像できてしまう。

「ここか」あまり広くない駐車場に車を乗り入れ、あれ、と店長は呟いた。先に一台だけ停車していた乗用車の運転席にコートの襟をぴんと立てた女がみえる。高い鼻で、背筋のしゃんとした本当のフランス人だ。女は我々の車が動いているうちに待ちかねたように外に出てきた。ハンドルを回しながら店長はきょとんとしている。目の青い、背の高い女性だ。駐車場の向こうは海だった。フランソワーズは船を背にして立った。横の真っ白い建物がどうやら画廊のようだが、閉館しているらしい。前はちょっとした広さの芝生になっていて、鉄パイプをぐしゃぐしゃにおり曲げた変なオブジェがいくつかあるが、背後に入港した客船に目が釘付けになる。

船、でかいなあ。

数年前に田舎で牛をみたときと似た気持ちになる。しばらくみていないと記憶の中の物の大きさと実寸にずれが生じる。たいていは小さく見積もっているから、子供のように驚いてしまう。

「あれえ」店長は降りるなり、またいった。

「遅いわねえ」フランソワーズは空のドトールの紙コップを手で握りつぶしながらいった。鋭い声だが、表情には笑みが含まれている。店長は四十分の遅刻を詫びる言葉よりも先に

「なんでもう着いてるの、渋滞は？」と心底不思議そうに尋ねた。女はふっふっと笑って相変わらずね、ミキオさんといった。遅れて僕が助手席から降りると

「あら、ミキオさんの息子さん」フランソワーズは握手を求めてきた。いやいや、違いますといいながら握手に応じる。なんて流暢な日本語。彼女は自分の後部座席のドアを開けると紙包みを手渡した。中身はワインのボトルと、なにか食べ物だ。

「彼はフラココ屋の四代目バイトくん」最近はフラココ屋の店番だけでなく、荷物の引き取りや古物市にも同行するようになり、行く先々で「バイトくん」と君づけで呼ばれるようになったが、四代目というのは初めて聞いた。フラココ屋の居候の五代目と聞いたことはあったが、店長はそういうことをいちいちカウントしている人だ。

「四代目です」といって会釈した。「不知火型です」店長が横から付け加えるとフランソワーズは「たしかに痩せているねえ」といって笑った。

「俺たちすごい渋滞でさ、あんたどうやってきたの」なぁ、とうながされて頷く。

「もしかして、ここに何度もきたことあるんだ」

「はじめてです！」フランソワーズは口をとがらせた。

「ミキオさんは知らないだろうけどね」そこでフランソワーズは言葉を切った。「今はね、カーナビという、大層いいものがあるのよ」そう勝ち誇って笑う。店長はフランソワーズのレンタカーの車内を無遠慮に覗き込む。

海鳥が鳴いた。曇天で、海の色も黒っぽく、寒い。鼻をすすりながらワゴンから絵を一枚降ろしたところで、フランソワーズはかけられた薄い布をめくった。僕は絵が倒れないように真横でおさえる。彼女はしゃがみこんで、田園風景の中の川と水車をたどるように顔を動かしていく。

「ここよ、このへんが私の家なの」どこを指しているのか横からだとよく分からない。店長は離れたところで、まるでこれから描く絵の構図を決めるようなポーズでフランソワーズの方をみながら

「へえ」といった。今から百年以上前、放浪画家のグリフィンはフランソワーズの田舎を訪れた。宿代のかたにと地元の旅籠に置いていった数枚の絵がこれなのではないか。フランソワーズは自らの推理を、確信をこめていった。

「こんな大きい絵を、宿代のかたにねえ」店長はその話を前に聞いたことがあったみたいで、改めてという調子で感心した。日本の収集家の手に渡り、その家からフラコ

コ屋に流れて、それを同じ故郷のフランソワーズがみつけたという、ちょっと出来過ぎのような話ではある。

グリフィンの評価があがったのは割と最近で、二十世紀も後半になってからだそうだ。絵を何枚も描いて残すぐらいだから、田舎の、その旅籠にはかなり長逗留したのだろう。旅籠の人と意気投合したのか。なんだか親しみのある奴だと感じていたら

「絵、描いて、うちに置いていってくれてもいいんだよ」店長は僕の方を向いていった。

「僕が」すっとんきょうな声が出た。

そうか、グリフィンは僕か。

「そのかわり価値あがってよ」店長はワゴンに乗り込んで、二枚目を取り出そうとする。あがってよって、なにそれ。フランソワーズはたしなめるようにいって笑った。

海鳥は遠くで鳴きつづけている。フラココ屋の近所のどこかで毎朝する音に、やはり似ている。似ているけどこちらは群れの鳴き声、あっちは一羽だ。絵を画廊の裏口から搬入する。画廊の、痩せた男の指示でがらんとした部屋に五枚とも運び込んだ。塗料かなにかの臭いが鼻をつく。海外への発送は知人である画廊のオーナーに任せるのだとフランソワーズはいう。

「贋物だったらどうするの」

「いいの、贋物でも」でも本物だったらもっといい！ フランソワーズは叫んだ。人気のない画廊の、ワックスで磨かれた廊下に声が響き渡る。フランソワーズの日本語は上手だと思った。もっといい！ と興奮する様子は日本の、おばさんそのものだ。

我々は海沿いのレストランに入った。フランソワーズはグラスワインを頼み、口をつけるなりなにこれ、と顔をしかめて、さっき渡したの、こっそりあけちゃいましょうよと僕に向かっていった。「刑事コロンボ」で、温厚なワイン鑑定家がレストランで出されたワインの味に怒り心頭に発する場面があった。レンタカーの運転はどうするつもりだ。

「でもコルク抜きがないですよ」

「ああそうか、あれはいいものだから楽しく呑んでちょうだいね」フランソワーズはすぐに気を取り直して最近の大相撲はどうかと尋ねた。

「どうって」僕の部屋にはテレビがない。スポーツ新聞をたまに読むから、貴乃花が先月引退したばかりだということは知っている。しかし店長は

「貴闘力が引退したのは知ってるかい」と尋ねた。フランソワーズは訃報をきいたような顔になった。

「私の好きな人はどんどんいなくなるね」どうやらかなりの相撲通のようだ。

「昔からフランソワーズのひいきは断然、北の湖だったっけな」トシミツを嫌いな人なんていません。フランソワーズはスープを一口すくって口にいれると、学生時代の店長の話をした。

「ミキオって人はね、こうみえてもサラリーマンだったの」さん付けがなくなっている。

「自分が営業に向いていないってことにも気付かないんだから、そもそも会社員にも向いてなかったってことね。一年かそこらでついていけなくて、古道具屋になっちゃったの」あなた知ってた？　フランソワーズは安ワインでも陽気になった。店舗も持たずに商売を開始したことは知っていたが、就職の話ははじめて聞いた。

「フラココ屋は今でも儲かってないでしょう」はい、あまり儲かってません。店長は反論せずに笑ったままハンバーグを頬張った。

「そうだ、ちょっと今度こっちまで、引き取りにきてちょうだい」

「ちょっときてっていうけど、フランスだろ」

「旅費は出すって」フランソワーズは軽くいい、店長は尻込みしているようだ。

「小山さんは元気なの？」

「なんか怪我したって、な」えっ。さっきと同じ調子でうながされて戸惑うが、瑞枝さんのことだと気付く。瑞枝さんの名字は小山だったか。

「まだ連絡ないですけど、なにかあったら店の方に連絡あると思うし」今日も下で寝ますよというと
「あなた、もしかしてあそこの二階に住んでるんだ」フランソワーズは目を丸くした。日本のおばさんはしなさそうなワオ、という表情をした。

「長いこと私の絵を守ってくれていたのね」ありがとう。

「いや、でも」僕が住んでからほんの二カ月なのだが、居候代表ということで今日二度目の握手をした。させられたという感じの握手だった。店長が爪楊枝をしーしーやりながらトイレに立つと、フランソワーズは顔をぐっと近づけてきて「なんでミキオは小山さんと結婚しなかったのかしら」といった。さあ。

「小山さんはね、ミキオの昔の恋人だったの」ああ、そうなんですか。

店長がトイレにいっているうちに会計もフランソワーズがすませた。外は真っ暗だ。大きな船がいなくなって、タグボートが遠くをゆくのが暗闇に浮き上がってみえた。

「レンタカーだから近場に返して電車でいく」しばらく日本に滞在するから、少しし

たらフラココ屋にも顔を出すからねといってフランソワーズは店長とも握手をした。

駐車場で別れる。帰りの車の中で店長は「いいなあ」とつぶやいた。

「たしかにフランスで絵に囲まれて暮らすっていうのは……」

「そうじゃなくて、カーナビってのは、ずるいよ」そんなに彼女よりも早くにたどり着きたかったのか。俺も買おうかなあカーナビ。店長は溜息をついた。

帰りは渋滞に巻き込まれなかった。


フラココ屋のシャッターを降ろし店長と別れて、僕は横断歩道を渡った。向かいのバイクショップがまだ開いていて、若い店員がいじっているスクーターが瑞枝さんのものだと気付く。

「瑞枝さん大丈夫かなあ」目があうと店員は、僕が思っていたことを先にいった。やはり事故現場は近所だったそうだ。たぶん、家にいると思うよ。店員ときちんと口をきいたのはこれが初めてだった。

バイクショップとヤクルトの間を入っていくと瑞枝さんの家がある。社宅風の木造平屋だ。扉のすぐ横に風呂の浴槽が捨てられていた。風呂のかき混ぜ棒が逆さに突っ込んであるのを思わず手に取った。明かるい方にかざすと、水色だと分かった。

扉には呼び鈴はなくてノックするが返事がない。しかし明かりがついているので、思い切ってノブを回すとドアは開いた。

「瑞枝さん」襖障子の半分あいた向こうに、布団に寝ている瑞枝さんがみえた。

「君かあ」瑞枝さんは微笑んだ。大丈夫ですか。

「ありがとう、あがって」小さな玄関で靴を脱ぐ。外観と違い、中は床も壁もリフォームされていてとても綺麗だった。

「なんか熱でてさ」

「怪我すると、熱もでることありますよね」いいながら部屋に入る。瑞枝さんの頬には白い脱脂綿がテープで留められている。

「頬と、あと膝をうっただけ」三針縫っちゃった。でも大丈夫。抜糸すれば傷はのこらないって。

「よかったです」お見舞いにワインとチーズ持ってきたけど、熱あるならワインは駄目ですね。

「ありがとう」瑞枝さんは小声でいった。布団の中で膝を曲げていた。フードが緑色で台座が金の小ぶりのランプを畳に置いていて、瑞枝さんの膝の山が奥の襖に大きくうつる。

「これ、バンカーズランプっていうんだ」今度、外国の映画をみるとき、図書館の場面があったら注意してみて。よく出てくるの、このランプ。

「和室にもあいますね」

「これだけ、私がフラココ屋で買ったものは」あんまり病人らしい声音でしおらしく語るので「早く元気になってください」というのが我ながら強い口調になった。すると瑞枝さんは

「私さあ、子供が欲しいんだよ」といった。えっといったあとで、あーはいと言い直す。さっき、車中で店長にきいたばかりだ。瑞枝さんも店長と同じように話を飛躍させた。向こうで瑞枝さんの冷蔵庫のモーターが動き出した。

「そう思ってバイク乗ってたら、こけちゃったから、子供はあきらめろってことかなあ」そんなことはないですよ（そんなことないっす）。僕は正座をして、瑞枝さんの顔をみた。

「そうかなあ」疑うという感じではなくて、瑞枝さんは天井をみた。今日、フランソワーズさんて人に会いましたよ。瑞枝さんによろしくっていってました。あの人面白い人ですね。話題を変えようと焦ったつもりではないのだが、少し早口になった。瑞枝さんはほほ笑んだ。

「ワインもチーズも、フランソワーズさんからなんです、実は」

「じゃあ君、私の子供つくってくれる」えっといった後で、あーはいと言ってしまう。

「本当かなあ」瑞枝さんは首を動かして僕の方を向いて笑った。いつもはもっと大げさに笑うから、やはり熱があるのだ。

「でもありがとう。君はつくづく背景みたいに透明な人だね」意味が分からなかったが、そういわれて後ろを振り向いてみた。バンカーズランプの明かりが僕の影も大きく襖障子に映している。

「なにか、食べ物とか持ってきましょうか」

「ううん、一人でやる」瑞枝さんは起き上がった。

「帰ってくれる」でも、といいかける僕を制していう。

「弱っている人は、人前に出ない方がいいんだ」こないだ昼間にテレビで昔のガメラをやっていてね。ついみていたら、やっぱりガメラも海底で一人で傷を治していたよ。

「そりゃ、ガメラはそうかもしれないけど」

「いや、そうじゃなくて私が嫌なんだ」といった後で僕の顔をみつめた。

「嫌っていうのは……そういう嫌じゃなくて。病気で弱っている人をみると、可哀相だし、仲のいい人なら心配だけど、でもそれがどんな親友でも、少しだけうっとうしいじゃない」そして本当は、少しじゃなくて、すごくうっとうしいの。お見舞いにいくときなんか、他人の前では不謹慎になるからいわないけど、でも、うっとうしいの。

「昨夜も電話なんかして甘えちゃったし」いいですよ。そんなの。

瑞枝さんは立ち上がって、小さな玄関まで見送りに出てきた。

「早速チーズを食べる」フランソワーズのチーズなら、おいしくないなんてことはないだろうし。

「そうですね」僕は瑞枝さんの家を出た。扉を閉めて歩きかけたときに瑞枝さんが「もう十時か」と呟く声が聞こえたので振り向いた。振り向いてももちろん扉が閉まっているだけだったが「つくづく背景みたいに透明だ」という言葉が思い出された。褒め言葉ではないと思った。

横断歩道に出たところで背後から頭を軽くこづかれる。振り向くと今度は夕子ちゃんが自転車のハンドルを握って立っていた。この時間の帰宅だと、今日は先生とは会ってこなかったのだろうか。そもそも「つきあっている」という言葉だけで判断していたが、そのつきあいがプラトニックなものでないともいえない。別にプラトニックなつきあいでなくとも構わないのだが、先生と会ったのか会わなかったのかを尋ねるのはなにか下品なことに思えた。夕子ちゃんは自転車のカゴに入った鞄から菓子の袋を取り出し、僕に一粒くれた。グミキャンディだった。

「瑞枝さん大丈夫だった？」二人並んで横断歩道を渡る。

「怪我は大丈夫。でも今は熱があるって」そう。八木邸の門を二人でくぐる。

「熱といえば、朝子さんの方はその後どうなの」

「鬼気迫ってる」卒業制作を間に合わせるために、ぜえぜえいいながらやってるそうだ。夕子ちゃんは自転車を家の前に停めると、僕と一緒にフラココ屋裏口の鉄階段をのぼった。

最上段までできて、夕子ちゃんは鉄階段の手すりをまたぎ、そのまま大家さんの家のベランダに跳び移った。

「さっきさぁ」手すり越しに声をかける。

「瑞枝さんに、背景みたいに透明な人だっていわれたよ」といってみた。

「あーなんか分かる分かる！」夕子ちゃんは歯をみせて笑った。いきなりその意味を了解したらしいことに驚いたが、褒め言葉かもしれないと思ってみる。

「朝子さんに、お大事にっていってね」

「うん」夕子ちゃんは広いベランダをひたひたと夜道をゆく犬のように駆けて部屋に入っていった。

絵のなくなった部屋は少し広くなっていたが、読みかけの文庫が見あたらない。昨夜、下の店舗に持っていったのを忘れて、しばらくはいつくばって探してしまう。取りに降りるかどうか迷って、そのまま寝てしまうことにした。

布団にもぐって横になって、膝を伸ばしたり曲げたりしてみる。熱が下がらなくても、瑞枝さんはワインを呑むかもしれないと思った。自分を少しうっとうしいと思いながら、呑むのだ。「いいワインだから楽しく呑んでね」とフランソワーズはいった。いいワインは楽しく呑まなければいけないのだ。瑞枝さんに伝えそびれた。わざわざそれをいうために、また歩いていってノックするか。僕は目を開けた。起きあがり、窓の外をみる。歩行者用の信号がいつも通り赤々と灯っている。バイクショップはシャッターが降りている。

いいや、伝えなくても。向かいの、遅くまで作業していたらしいバイクショップの若者が肩をすぼめて向こうの道を歩いていくところだ。楽しくない夜に呑むワインだって、まずいよりはおいしい方がいい。布団に戻る。瑞枝さんの家にはコルク抜きがあるだろうか。あるだろう。さっきは適当に返事をしてしまったが、瑞枝さんの子供の精子の提供者になっていいかどうか、改めて考えてみた。いいといえばいいし、困るといえばすごく困る。そう思った。セックスはしたいだろうか。まあやぶさかでないと思った。

数日は姿をみせないと思っていた瑞枝さんは二日後の、フラココ屋の開店準備中に姿をあらわした。もう頬になにも貼ってない。

「効いたね。フランソワーズのチーズが」瑞枝さんは元気になって、声に張りが戻っているどころか、なんだか鼻息が荒く感じられる。フランソワーズさん、よろしくっていってましたよというと

「フランソワーズはねぇ、店長の前カノなんだよ」と囁いた。

「マエカノって前の彼女ってことですか」

「そうだよ、今はそういう言い方をするんだよ」それをいうならモトカノじゃないか。いや、マエカノともいうのかもしれない。自信がない。

「フランソワーズさんは、瑞枝さんが店長のマエカノだっていってたけど」

「なにそれ」やめてよね。瑞枝さんは怒った。それは彼女の勘違いだ、私は店長とは

長いつきあいだが、手すら握ったこともない。瑞枝さんは語気を強くした。

「チーズまだ半分あるから持ってきたんだ。食べるよね」そんなに効くなら朝子さんに差し入れしたらいいですよ。

「それだっ」反応もなんだか大きくなっている。金田一耕助に真相を教わって合点がいった刑事さんのような声でいうと、瑞枝さんは店の外に勢いよく飛び出ていった。

ワインは呑んだのかなぁと思いながら僕も石油ファンヒーターをつけて、勝手口の方に掃除機をとりにいくと、大家さんの声がした。

「……浴室のリフォームは自費でやるっていうから、許可したよ。でもさ」あの浴槽はいつまであそこに置いておくつもりなんですか。ああいうのが本当に困りますよ。

あーはい、すみません。大家につかまった瑞枝さんが店長のように僕のように謝罪する声がかすかに響いた。

朝子さんの箱

フラココ屋のメールアドレスは長い。furacoco-ya-yorozu-soroimasu。アットマークまでに二十八字もある。furacoco-ya だけで申請すればよかったと思うのだが、それでは目立たないと店長はいう。

「電話で苦情がきましたよ」何度うち直して送っても宛先不明の返信がくるって。

「駄衛門から?」店長の言い方には、どこかちょんまげの感じがあった。メールアドレスをうち間違えると宛先不明を知らせる返信があるのだが、その返信元の差出人名の欄にはかならず「MAILER-DAEMON」と書かれている。そんなはずないのだが僕も少し、ちょんまげを想像してしまう。

「でも、苦情ってその一件だけでしょう」名刺を配ったとき、長いアドレスはウケがいいのだと店長はメリットを主張した。僕も店長も店の奥にかがんで、段ボール箱から皿を出していた。皿はすべて新聞紙にくるまれている。

「長い名前の方が、やっきになって覚えたがるものさ」といって店長は手をとめ、寿限無を暗唱してみせた。

「寿限無寿限無五劫の擦り切れ海砂利水魚の水行末雲来末風来末……」店長はおしまいまでいわないと気がすまないという顔をしている。

新聞紙で食器を包むときは半分か四分の一に切って使うことが多いが、この箱の新聞紙は一枚でいくつかの皿を挟むように包んである。慎重にはがさないと、重ねて包まれている皿に気付かず、取り落としてしまう。

「……パイポパイポ、パイポのシューリンガン」のあたりで夕子ちゃんが店に入ってきたが、店長はかまわずに暗唱をつづけた。

「……ポンポコピーのポンポコナーの長久命の長助」夕子ちゃんは店先で立ち止まったまま笑みを浮かべた。

「これ、最後の最後に『長助』って出るだろ、ここも笑うところなんだな。子供のときは気付かなかったけど。最初に長助をだせよ」パイポパイポとかいってないで。店長はおしまいまでいい終えて満足げだ。夕子ちゃんはポンポコピーとかポンポコナーに目をくるくるさせて、店長がもっと変なことを口走るだろうと期待した目でみている。長い名前をやっきになって覚えたがりそうだ。夕子ちゃんのような子が購買層なら、あのメールアドレスも方法論としてあっているのだが。

「具合どう」僕は夕子ちゃんに朝子さんの様子を尋ねてみた。

「お姉ちゃんはぐうぐう寝てるよ」ついに昨日で卒業展が終わり、朝子さんは搬出の途中で倒れた。

「やっぱり」くずおれるとか、よろめくという風ではなくて、ばたんと仰向けに気絶してしまったのだ。

朝子さんの卒業制作はフラココ屋の裏口ですすめられた。だから用事で裏口を通るたび、朝子さんの作品づくりを、我々はほぼ毎日景色のようにみつづけていた。少し前に風邪でダウンしてからも根を詰めていたので、疲れがどっと出たのだろう。

朝子さんは、木の箱を延々と作り続けた。それが彼女の卒業制作だった。一升枡のようなものが多かったが、すべて簡素な蓋がついている。細長いのや平たいのもあった。二十過ぎたばかりの女性が、釣り人の腰掛けるような小さな折畳み椅子に座り、寒風ふきすさぶ殺風景な裏庭でひたすら鋸やとんかちを使い続ける。はじめのうち、なにをしているのか分からず、箱を作っていると分かってからは、今度はそれをどう思っていいのかが分からなかった。

店長や瑞枝さんに解説させると、箱であることにさほどの意味はないのだそうだ。かといってまったく無意味なものだと、ただのシュールになってしまう。箱にはぎりぎり最低限の有用性があるから、意味の希薄さゆえにたまたま選ばれた物体に過ぎないのである。むしろそれを作り続けるということ。行為を反復する、作業が連続する、その結果似ていながらほんの少しずつ違うものができあがり、積み上がっていくということ、その全体が創作なのだ。

「なるほど」といってみると瑞枝さんは、たぶんねとつづけた。瑞枝さんはイラストレーターだから、芸術については僕なんかより造詣も深いし、簡単に納得させられてしまう。

そういうことなら、箱の数はいくつでもよかったのではないかという気がする。体調をくずしてまで根性でやり遂げるようなことなのだろうか。そうはいってもあまり数がないのでは連続とか反復ということが表現できないのか、それとももっと別の意味があるのか。

展示の前日、三日前の早朝に搬入を手伝った。まだぎりぎりまで作るけど、もう出来た分を運んでおかないと展示に間に合わないということだった。

大家宅の居間に置かれていた箱の量に僕も店長も気圧《けお》された。朝子さんの箱は段ボール箱に入っていた。十箱分。ちょっとした引っ越しのようだ。

フラココ屋の裏口にワゴン車をとめて、荷台に入れっぱなしの荷物をひとまず出さなければならなかった。仕入れたばかりでまだよく検分していない段ボールを店の裏口の前に積み上げ、いつも古物市で品物を並べるときのテーブルも抜き取るようにして出す。朝子さんは腕組みをしていた。いつもの気の強そうな弱そうな、このあとで殴るような泣くような顔をしている。

「引っ越しというより押収という感じがするな」

「脱税疑惑ですか」店長と縦並びになって、大家宅の居間と車の荷台とを段ボール抱えて往復する。押収っぽい訳は、どの段ボールも同じ大きさだからだ。

「さっき大きい段ボールにいれたら、底が抜けた」朝子さんは驚いたようにいった。

二人の乗りこんだ車を見送り、荷台から出した荷物を店の脇に寄せる。そのまま二階に戻って寝直そうと階段をあがる途中で、大家さんが家から出てきた。足をとめて、会釈をする。すぐに、荷物を片付けないと叱られると思い段を降りる。

「うちの子はもういったのかい」

「ええ。店長の車で、ついさっき」かがんで、さもはじめからそうするつもりだった風な態度で「よっ」などと声をあげて段ボールを裏口から店に入れる。置くときにがしゃ、と瀬戸物の音がしてひやりとする。大家さんは姉妹の祖父にあたる。いつも朝子さんの箱づくりについて愚痴をいっていた。木屑を地面に散らかして困るとか、若い娘が鋸なんて危ないとか、いつも僕か店長にいう。朝子さんは頑として聞かないのか、大家さんが本人には強くいえないでいるのか。

「やっと終わるから、こっちもやれやれだよ」と、このときは安堵の声をあげたので、僕もなんだかほっとしてそうですね、といった。

「あの子らは可哀相でね、親同士が離婚しちゃったろ」そうなんですか。同意を促されても初めて知ったのだが、自明のことのようにつづける。

「母親は性悪で連絡も寄こさないし、父親は仕事で飛び回ってて、あの子らも寂しいんだよ」そうだったんですか。二個目の段ボールを運び入れる。性悪なのと、飛び回るのと、どっちが大家さんの子供だろうと思いながら外に戻ると待っていたように
「だからだよ」大家さんは腕組みをしていった。

「だから、なんですか」折畳みのテーブルを挟むように抱えて、鉄階段の下に移す。

「ストレスでもなきゃ、あんな馬鹿なことしないだろ」ああ、箱のことか。「夕も夕で、やってるだろ、ほら」仮装ですか。

「コスプレだよ、コスプレ」大家さんはいった。少し前まで「なんか変な格好」だったのが、いつの間にかコスプレという単語を覚えたようだ。

「あれだって寂しくなきゃ、やらないよあんなこと」

「そうですかねえ」そうだよ、寂しいんだよ。まだ子供なんだから。大家さんはいつも二人の趣味や作品を苦々しげに語っていると思っていたのだが、ここに至ってもう少し微妙なニュアンスの感じられる言い方になっていて、それはつまり苦々しいというより哀れんでいる感じだった。

箱から皿をすべて出し終えて、使い捨ての黄色い化学ぞうきんで一枚ずつ拭く。よかった、一枚も割れていない。

「あとで表のガラスも頼むね」店長はそういうと、ものすごく太くて大きなガラスクリーナーを別の段ボールの端から抜き取って床に置き、立ち上がった。床にはくしゃくしゃの古新聞が散らばっている。

「私、ガラス拭こうか」夕子ちゃんは三和土から勢いよく店の奥まであがってきた。マフラーを外して机に置き、椅子にコートもかけて、ガラスクリーナーを手に取る。

「はいこれ」空になった段ボールに新聞紙を押し込みながら、タオル雑巾を手渡す。

これで拭いたら前より汚れそうと笑いながら、極太のガラスクリーナーも手に店の入り口に戻る。青いキャップをいい音をさせて外し、慣れた手付きで缶をふる。

「私、ガラスクリーナーはこっちのほうが好き」という。

「こっちって」

「シュッて霧吹きになっているのと、シューってスプレーになっているのがあるの」

シュッとシューとあるのか。どう違うの。

「だから、シュッて感じと、シューって感じが違うんだってば」夕子ちゃんはシュッのときには指で引き金をひくような動作をしてみせ、シューのときに手持ちの缶のボタンを人差し指で押し込んだ。入り口の引き戸のガラスに白い泡が丸く広がる。そういえば、缶入りではない、霧吹きのノズルでシュッと吹き出す青色の洗剤もある。どっちが好きかなんて、考えたことがなかった。このごろは考えたことのなかったことを考えさせられることが多い。

表の道を店長の車が通り過ぎるところだ。白い泡が引き戸のガラスに吹き付けられて、景色はさえぎられる。

「あまりつけすぎないでね」少しでも落ちるんだから。

「ああ、それ」夕子ちゃんは苦い顔で笑った。おじいちゃんにも同じことをよくいわれるよ。

「そうか」僕の子供のころは、歯ブラシの端から端まで練り歯磨きをつけていた。（白い歯っていーいな）テレビのコマーシャルでもそのようにたっぷりとつけていたし、大人たちもそうしていた気がするけど、いつの間にか自分も含めて老若男女が「少しでいい」価値観になっている。

だがガラスに関しては、僕は実感があっていったのだ。大学生のころ、僕は清掃のバイトをしていた。床掃除を終えると玄関とロビーの大きな窓を拭いた。大きいからと洗剤をつけすぎるとそれが残ってしまい、拭き取りがむしろ大変だった。ほんの少しの洗剤で、汗だくになりながら丹念に伸ばしていくと、最後には透明になって入道雲がくっきりと映り込んだ。

店の戸には上下二枚のガラスがはめこまれている。夕子ちゃんは上下ともきゅっきゅと音をたててぬぐい取ると今度は外に出た。表側の上下のガラスにやはりたくさん泡を吹き付けた。夕子ちゃんが背伸びして上のガラスの真ん中を左から右に拭き取ると、横断歩道の向こうに瑞枝さんらしき顔がみえた。上にずらした手を今度は右から左に拭き取ると、歩行者信号が青になるのもみえた。もう雑巾は洗剤が十分過ぎるほど染みているだろう。夕子ちゃんは気まぐれに、今度は縦に拭いたが、瑞枝さんは入り口前にやってきて白い泡に隠れた。

「朝子さんの様子はどう」瑞枝さんもやはり尋ねている。四角く残った泡に瑞枝さんも夕子ちゃんも隠れていたが、戸が少しあいていて、やりとりははっきりと聞こえる。

「家でぐうぐう寝てるよ」

「たんこぶできてなかった？」たんこぶ。

「たんこぶ？」夕子ちゃんが僕の意識に同調したみたいに声をあげる。なにしろ、すごい倒れ方だったじゃない。ごっちーんって。瑞枝さんは体をそらして倒れる真似をして、それで再び瑞枝さんの姿がみえた。

昨夜の帰り道、我々はなにをみにいったのかも分からないぐらい、その話ばかりした。ある意味、美術的といっていい倒れ方だったのだ。

「知らない」こぶ、できても教えてくれないと思うよ。そうだね。瑞枝さんはことあるごとに膝を男の子みたいにまくっては、少し前にバイクでこけて縫った傷をみせたがった。

「治る前にみせてもらいなよ」夕子ちゃんは、ふふふなんて笑っている。泡が少しずつ垂れてきているのに気付いたようで、勢いよくふいた。

瑞枝さんはちょっといい、と夕子ちゃんを遮って店内にやってきた。夕子ちゃんも「あ、遅刻しちゃう」と大急ぎで残りをすべてふきとり、瑞枝さんを追い抜くように奥までひらりとやってきた。濡れ雑巾を僕に投げて寄こしてコートを着込むと、じゃあといって去っていった。仕事ぶりはともかく、あ、と時間に気付く表情だけは姉にそっくりだった。

「これから取材でさ」瑞枝さんは肩かけ鞄から細長い、銀色の機械を取り出した。

「これ、使い方分かる」瑞枝さんはイラストの仕事をしているが、それだけでは食えないからと、ライターのようなこともしている。

手渡されたのはペンのように細長い機械で、実際、ペンのキャップのようなクリップがついている。録音と再生と記されたボタンがある。

「さあ」若い男性がメカに強いだろうというのは思い込みだ。店長もはじめのころ、店のホームページ作りに関して僕をあてにしていたようだが、最近は頼りにならないと悟ったらしく、自分でこなしている。パソコンは店長の方が向いていたようで「こっちのデザインとこっちのデザイン、どっちがいいと思う」と問われて、ページのデザインを二つも作ったことに驚いたりする。

「録音って書いてあるところを押せば録音じゃないですか」当たり前のことをいって

しまう。

「ちょっと練習させてよ」

「小さいですね」そう、嫌なの。瑞枝さんは顔をしかめた。

「いつも使っていたレコーダーが壊れて、仕方なく編集さんのを借りたんだ」そういえば黄色いテープにぎざぎざした文字で「高橋」と印字したのが貼られている。

「カセットテープがいらないんだって」便利じゃないですか、それ。

「でも、自分で仕組みが分からないことって不安だ」また顔をしかめた。瑞枝さんは最近よく嫌そうな顔をする。

というよりも、最近までみなかったその表情をみる機会が増えたのだ。

月初めのバイクの事故を見舞って部屋にあがってから、僕はちょくちょく瑞枝さんの家にいくようになっていた。炬燵に入って二人で酒を呑んで、テレビをみた。テレビに出てくるタレントは、瑞枝さんにとっては嫌いな人が多いらしく「私この人いや」と何度もいう。いうときは真剣な顔で背筋が伸びている。立っていても、炬燵に入っていても。万一襲いかかられたときにも対処できる、そんな姿勢だ。とても嫌な人だとチャンネルを替えてしまうし、これが長渕剛ぐらいにあまりにも嫌なときは、逆に釘付けになる。

「この人いや」を聞く度に、田舎の、おばさんみたいだと思う。僕の母親は北国の人らしく「いや」ではなく「好きでない」という言い方だったが、やはりテレビをみながら連発していた。刻印というか、まじないというか、口にすることで凶兆を中和させるようにいうのだ。

ただ、それで瑞枝さんの印象がおばさんぽく塗り替えられたというわけでもない。都会の女性だろうと田舎のおばさんと変わらない面はあるのだと気付いた、というのが実感としては正しい。

瑞枝さんは新しい録音機にも嫌そうな顔を向けているが、このときは理由が言葉になっていたので、おばさんみたいとは思わなかった。

「なんか喋って」といいながら棒状の機械の録音ボタンを押した。

「えー、急にいわれても」なに喋ればいいですかね。瑞枝さんはもうボタンを押して停止させた。

「えー、急にいわれても」自分の間抜けな声が小さな機械から流れる。

「よし、ここが再生、と」こういうの一人でテストするのって馬鹿みたいでしょう。あとさ、これ。レコーダーをしまったバッグから小さな紙袋を取り出す。朝子さんのお見舞いいこうと思ったけど、やっぱり閉店の後でいいから届けてくれない。

「いいですよ」

瑞枝さんが去ると、僕は夕子ちゃんが手をつけなかったショーウィンドーの内側の拭き掃除にとりかかった。ウィンドーの前の棚に載った置物や食器を一つずつゆっくり持ち上げて、背後のテーブルに移す。

窓から日が入り込んでまぶしいので、中央にスプレーで大きな丸をつくってみた。ずっと寒い日がつづいていたが、昨日がピークだったみたいで、ぽかぽかとしたいい陽気だ。

昨日の午後、フラココ屋に集まったのは店長に、店長の奥さんと子供、瑞枝さん、夕子ちゃん、大家さん、向かいのバイクショップの店員の七名。集まった全員が着膨れていた。

まだだっこされている店長の子供を除いて全員、少しばかり高揚した、エイエイオーという顔つきをしていたのは寒さのせいではない。朝子さんの箱作りは長丁場だった。その間にたとえば店長は「木材をあげたり釘抜きを貸したり」した。奥さんや瑞枝さんは「差し入れ」をしたり、バイクショップの若者は「ホームセンターまで買い出しにつきあったり」したそうだ。夕子ちゃんは「みてた」し、大家さんは愚痴をいいつづけた。皆が、近くから遠くから制作と関わりつづけた。自負のある者たちの抱く「ついに今日」という思いが、全員の鼻息を少しばかり荒くさせているのだった。

店長のワゴンと、奥さんの軽自動車に四人と三人で分乗した。

「気をつけて」車の運転についていったのだが、なにか変な言葉をかけてしまった気がした。僕は店番で、遅れていくことになっていた。

遠方からみにくると聞いていた客が「本当にフラココ屋っていうんだ」と呟きながら入ってきたのは夕方で、さんざん悩んだ末に買わずに去るともう外は暗くなりかけていた。店のシャッターを順番に降ろし、はり紙をする。店からいつも銭湯に向かう道を歩き、途中でバスに乗って吊革につかまる。二つ目のバス停で座ることが出来たので、朝子さんからもらったパンフレットをみることにする。コートのポケットからはみ出ているのを取り出した。

はじめに美大の地図がある。校舎は八号館まである。造形学部だけで日本画、油絵、彫刻、映像のほかに木工デザイン、工業デザイン、視覚伝達デザイン、空間演出デザインなどの学科がある。

木工デザインの卒業制作者リストのどこにも八木朝子の名前はなかった。造形美術とかそれらしいところを目でたどっていくが、やはり見あたらない。バスがゆっくりと右折すると、おばあさんがよろけてぶつかった。いつの間にか車内が混んできている。席を譲って立ち上がるとページをめくりにくくなって、探すのを諦める。バスを降り、美大の正門をくぐるころには日は落ちていた。外灯の下で立ち止まり、改めてパンフレットをみる。朝子さんの名前はなぜか油絵学科のところにあった。

「五号館A、五号館A」寒いので、何度も呟きながら歩いていく。通路や、建物と建物の間にも卒業制作とおぼしきオブジェや、なにかライトを利用して照らした空間があって、ふうんと息をつく。布でトンネルのようなものを作っている「作品」をくぐりぬける。どこを歩いても表現、表現、表現だ。

寂しくなきゃやらないよあんなことって、言い切っていたなあ。自分が朝子さんたち若者ではなくて、年寄りの大家さんに、同じとはいわないが近い気持ちを抱いていることに、不意に気付いてしまう。

寂しいのかもしれない。だけど大家さんがいうように「可哀相」なわけではない。親が性悪じゃなくても、飛び回っていなくても、寂しい人は最初からずっと寂しい。

広場に出たところでもう一度パンフレットをめくる。まだまだ五号館は遠い。

「あーっ」大声に顔をあげると、夕子ちゃんが広場の向こうから駈けてくる。この広い学内で出会えるとは。こちらの顔も思わずほころんだ。

「おそーい」夕子ちゃんは側まできて、だらしなく笑った。私もう帰るところだよ。そうか、予約のお客さんが長居したからさ。ふうん。

「皆は」

「展示もあらかたみて、食堂にいるみたい」夕子ちゃんの背後に知らない男が付いてきている。

「沢田君」夕子ちゃんは小声で紹介して笑う。さっきと同じ無邪気な笑顔。

「こんにちは」友達だろうか。外見からも服装からも、年齢が読めない。童顔だが、夕子ちゃんと同年齢にしては着ているジャケットの感じが老けている。

夕子ちゃんは自分の通う定時制高校の先生とつきあっているといっていたが、まさか。先生と恋人同士になっても、君付けするだろうか。

目の前の男は人見知りしているみたいに伏し目がちだ。一緒にコスプレなんかをしてそうにもみえるし、先生ですと紹介されれば、そうかもしれないと思う。定時制だと、うんと年上の友人ということもありうる。

「朝子さんの展示はもうみたの」みた、みた。すごかった。ね。沢田君という男に同意をうながす。ええ、すごかったですよ。沢田君は落ち着いた物言いだ。

「じゃあ、僕も今からみてくる」二人は手はつながずに、しかし親密そうな、やっぱりなんだか関係の分からない様子で変な布のトンネルに吸い込まれていった。おじいちゃんには紹介したのだろうか。いやはや、やんぬるかな、なぜかそんな言葉を思い浮かべつつ、広場を通り抜ける頃には男の顔をもう忘れそうだった。

五号館に入り込むと、がらんとした気配。もう閉館が近いのだ。蛍光灯のちかちか灯る階段をのぼって二階にいくと、一室に朝子さんのゼミの展示がまとめられていた。壁はすべて油絵作品で、部屋の中央は朝子さんに割り当てられていた。会議用の机をいくつもくっつけて布を敷き、その上におびただしい数の箱がびっしりとあるが、それでも足りず、床にもある。朝子さんの姿はない。

「おぉ」声をあげる。細長く、大きく、こぢんまりとさまざまなビルの密集する巨大な都市。客の一人が博物館のジオラマをかがんでみるように箱の一つ一つを眺めている。触れていいのかどうか分からず、しかし触れたそうで、なぜか僕にうかがうような顔を向けた。

声をあげたものの、驚きのピークは過ぎていた。二日前の搬入で段ボール箱からはみ出していた箱の量をみていたからだ。

それでもすごいことはすごい。記帳になにか感想でも記そうとして、お疲れさまとかそういう類の言葉が浮かんでくるが、やめて名前だけにしておく。

油絵は天井いっぱいまでの巨大なものが多い。墨のような黒で描かれた馬の絵が目をひく。寝ている人のお腹から黒い煙がもくもくと湧き出て馬の形になっている。絵の巨大さの割に題のプレートは小さい。腰をまげて「墨の馬」とあるのを確認したところで
「遅かったね」瑞枝さんが朝子さんと二人で部屋に入ってきた。瑞枝さんは普段はしていない眼鏡をかけていた。二人であちこちの展示をみていたのだそうだ。

「すごいねえ」朝子さんに声をかける。ありがとう。朝子さんの笑顔は上品だ。

「こうして並ぶと、街みたいだな」とつづける。と、朝子さんの顔が曇った。自分の発言のせいとは思わず、顔をのぞき込むと
「何かにみえてしまうってことは、この展示は失敗なんだ」とつぶやかれ、しまったと思う。

「いや、別に失敗とかじゃないと思うよ」と言いかけるのをさえぎり「何人にもいわれるんだ、街みたいだって」あなたの責任ではありませんという口調で逆に励まされてしまう。

「私もう片付け始めるから、先いってて」気を取り直すような明るい声でいわれ、瑞

枝さんと二人で部屋を出て、しまったなあとぼやく。

「ゼミの先生がいいのかな、朝子さん以外の子の作品も皆、なんかいいね」瑞枝さんは明るく感想を述べた。そうですか。

「あれをみて街って思うの、別に普通だよ」廊下で励まされる。

「私思うんだけどさ、君や店長がずっと毎日みつづけていたでしょう。店の裏で彼女が作るところを」そのことが作品だったんじゃないかな。

「うん？」階段をおりて五号館を出たところで瑞枝さんは携帯電話を取り出した。暗がりに液晶がぱっと灯る。耳にあてがった。

「……うん……ちょうど合流したところ。今、二人で五号館でました。食堂、食堂ってどこの」僕は入り口の蛍光灯の下に立ち、パンフレットの地図を開いた。フォークとナイフのマークを指で探す。あーはいはい。今からいきます。瑞枝さんは横から地図を覗き込んで何度か頷いた。電話を切って再び歩き出す。

「作品のみせかたとしては、だから失敗だったのかもしれないけどね」

寒くて、二人早足で広場を突っ切る。向こうでトンネルになっていた布を何人かで、作品とは思えない乱暴さではいでいるのがみえた。

「つまり、箱を作り続ける様子、それ自体が作品なのだから、僕と店長だけが正しい鑑賞をした」そういうことですか。だとしたら、ビデオカメラで撮影でもすればよかったのかもしれない。

「そうじゃなくて、作業の連続を見続けた君と店長が、朝子さんの作品なんじゃないかな」えっ。

「あ、ここだよ」瑞枝さんは七号館に入った。二人で暗い廊下を進むと広い食堂に出る。

食堂は明るくて、広場よりも開放感が感じられた。真ん中らへんに店長と奥さんと子供と並んでなにか食べている。その向いには若い連中が何人か座ってにこにこと会話している。

「どうも」「こんにちは」皆、口々に礼儀正しい挨拶。朝子さんと同じゼミの学生だという。さっき油絵をほとんどみていなかったのを少し悔やむ。店長は若者たちとなぜか意気投合していて、なにやら骨董の質問をされたりして座はずいぶんにぎやかだ。奥さんは子供をあやしながら、口に食べ物を運んでいる。バイクショップの若者と大家さんは朝子さんの展示だけみてすぐに帰ったそうだ。

「古い物とか、好きなんですよ」男の子が目をきらきらさせていう。

「だったら買いにきてよ」

「えー、お金ないですもん」こっちこそお金ないから、買いにきてっていってるんだよ。店長は楽しそうだ。

食券を買いに立ち上がり、自分もかつてこういうところにいたことを思い出す。トレーを持って列に並び、広くて見通しのいい厨房にいるおばさんから総菜や御飯をよそってもらい、お茶の出る機械に茶碗を置いて、無料のお茶を注ぐ。それらを載せたトレーを水平に持ち、振り向いて少し静かに歩く。皆のいる方へ。そういう動作をかつての自分も繰り返していた。大学生活は、なんのことはない、そんな動作の集合だった。

大学生のころに戻りたいと思ったことはなかったのに、学食で体が喜んでいる。そして急に、さっきの瑞枝さんの言葉と朝子さんの箱の「意味」まで分かったような気になり、カタルシスが心を駆けめぐった。

「いいな、学食は」僕は店長の隣にトレーを置いて椅子をひいた。ぎい、と少し嫌な音がしたが構わずに腰をおろす。もう一度学生に戻りたくなってきたんじゃないの？店長が尋ねる。

「大学は嫌だけど、学食はいいですね」もう一度学食をやりたいな、僕は。味噌汁をすすり、カツを頬張る。

「なにそれ」店長が呆れ、ゼミの学生達が笑う。

「あなたがバイトに選ぶ子は、こういう人ばっかりね」はじめて会う奥さんも微笑んだ。

ゼミの連中はこの後で打ち上げをするという。我々フラココ屋組も朝子さんに辞去の挨拶をするために全員でぞろぞろと五号館に戻った。朝子さんが倒れたのは、ちょうど我々が部屋に入った直後だった。

朝子さんはゼミの男の子に背負われて駐車場まで運ばれた。奥さんの軽自動車にのせられて、病院にいった。

「息してたし、点滴うつぐらいだろう」そうですね。残った我々は店長の車に乗り込む。正門にはなかったが、駐車場の出口には梅が夜の闇に輝くように咲き誇っていた。

「大学って不思議だな」車が門を出たところで振り向いて僕はいった。とても入ったり出たりしやすくて、実際に自分の家のように出入りするのに、あるときから突然、入ったり出たりしなくなる。

はぁ？　といわれるかと思ったら、いいたいこと分かる、と後部座席の瑞枝さんはいった。

「私もさあ、なんかやるよ」なんかって。店長が尋ねる。わかんない。「若者に触発されたんだ」そうかも。分かりやすいでしょ、昔から、私。瑞枝さんはまだ眼鏡をしたままで、車窓から外をみていた。

丸い泡を伸ばして、ガラスを拭き上げる。手を伸ばして右上のコーナーから左上へ。四隅を順に拭き取って、今度は上下に。体操しているようだ。縞模様にならないよう、前の拭き跡と少し重なるように動かす。

ほらみろ。少しでいいじゃないか。ガラスは惚れ惚れするくらいに透き通っている。誰かみてくれないか。ガラスが綺麗になると店内を舞う埃が目立って感じられた。

夕子ちゃんが拭いたガラスを乾いた布でもう一度から拭きしている途中で、昨日のゼミの男の子がポケットに手を突っ込んでやってきた。少し前までださいといわれたスタジアムジャンパーを、多分わざと選んで着ているのだ。いらっしゃい。

「どうも、あの、八木さんですけど、大丈夫ですかね」うん、どうだろう。男の子は店の入り口あたりに立ってきょろきょろしている。

「八木さんの家は隣の門だよ」はい。

「どうですか、ガラス」顎で指すと、僕の手の雑巾に目をやってから、すごく綺麗ですといった。僕はガラス拭きを中断して奥に戻り、お茶をいれて出した。長椅子に腰掛けて、男の子は恐縮しながらお茶をすする。

「おいしいです」といわれて、どうもさっきから調子が狂うのはなぜだろうかと感じていたのが、敬語だからだと気付く。年少の知り合いがいないから落ち着かないのだ。頼むから、オレに敬語使わせろよといいたくなる。

「まだ寝ているみたい」妹さんがさっきそういってたよ。はい。八木さんに昨日渡すつもりだったんだけど、僕これからバイトなので、あとで届けてくれませんか。また小袋を預かる。

「自分で届けたらいいじゃない」恋のアドバイスをしているような気持ちになる（モジモジしてちゃ、恋は実らないゾ）。

「はい」でも、今いって、休んでいるところを起こしても申し訳ないですし。

最近の若者はなってない、という言葉がある。僕もいわれた気がするし、僕より上も、その前も、ずっとずっといわれてきただろう。だけど朝子さんや目の前の男の子をみていると、なってる、と思う。若者のなってなさは、僕の世代で底をうったのではないか。

「いい店ですね」古い物とか、好きです。小さな皿に目をとめる。

「それはベトナムのものだって」僕がバイトするようになったころは西洋アンティーク専門だったのが、最近どんどん怪しくなってきている。

「ベトナム、いきたいです」旅行したいんですよ。立ち上がって男の子はいった。

「よかったら、またきてください」店長が最近つくり直した再生紙の名刺を渡すと、新入社員みたいに恐縮して受け取った。

「フラ、ココ、ヤ、ヨロズ……フラココ屋よろず揃います」すごいアドレスですね。スタジャンのポケットにしまって男の子は笑った。

昼間は暖かかったが、シャッターを降ろす頃はやはり冷え冷えとする。夕子ちゃんの忘れていったマフラーと、小袋二つ、どちらも紙の袋、を持ってフラココ屋の裏口に鍵をかけ、大家さんの家の玄関のベルをならす。二カ月以上すぐ側で暮らしていたのに、大家宅の玄関に立つのは今日が初めてだ。三日前の搬入のときは、サッシの窓から直に居間にあがったのだ。夕子ちゃんか、大家さんに渡してしまおうと思ったら扉の向こうで明かりがついて、開くと寝巻姿の朝子さんが立っていた。調子を尋ねると、大丈夫ですといった。マフラーと袋を二つ、まとめて手渡す。

「なんだろう」広い玄関だった。左手の靴箱の上に大きめの張り子の虎。朱肉と、印鑑を捺すための緑色の台。なぜか使い捨てのカメラも置いてある。右手の壁には姿見。

「一つは瑞枝さんで、もう一つはゼミの男の子から」名前を聞き忘れた。誰だろうとつぶやく。

「あの、昨日おんぶして運んでくれた子」というが、首を傾げた。昨夜のことは全然、覚えてないの、と朝子さんはいう。ほらみろ、と思う(自分でいかなきゃ、恋は実らないゾ)。張り子の虎の首を、指で揺らしてみる。

「あぁ」朝子さんは男の子の袋の中を覗き込んで、納得顔になった。瑞枝さんの袋を覗き込むと、あははと笑った。なんだろう。今度は僕が思う。

「疲れはとれた?」改めて卒業祝いしなきゃって、皆いってるよ。うん。

「とれたかなあ」朝子さんは靴箱に手をかけ、姿見を覗き込んだ。

「コンシーラ買わないと」朝子さんは鏡に向かってか細い声でいった。なにそれ。

「目の下の隈を隠すのに必要なの」ふうん。私、隈ができると目立つから。

「それより寝た方がいいよ」うん。張り子の虎の揺れがとまった。

「じゃあね」ドアを閉め、上をみれば月が大きい。そのままフラココ屋裏口の鉄階段をあがる。居候している二階に戻り、明かりをつけて、在庫の家具だらけの部屋を見渡す。

「食う寝るところに住むところ、か」店長の寿限無の暗唱を思い出す。あぐらをかいてカップラーメンを食べているとノックが聞こえる。瑞枝さんかしらと油断した声でどうぞー、というが、ノックは繰り返された。

ラーメンを畳に置いて、立ち上がって薄い扉をあけると、鉄階段の狭い踊り場に朝子さんが寝巻にコートを着て立っていてあっといってしまう。

「これ、終わったらあげようと思ってて、さっき忘れてて」朝子さんの手には四角い木の箱があった。ありがとう。両手で差し出され、両手で受け取った。

「でも、いいの」作品と思うと恐れ多い。いいの。もう終わったし。そう。

「皆にもあげるんだけど、店長って明日、店にいるよね」

「埼玉の方でセリだけど、夕方にはくるよ」

「二人には、あのときの板で作ったやつ」ああ。少し前にここの入り口の脇に立てかけてあった板だ。

「いいでしょう、それ」朝子さんは箱の側面を、さっき姿見をみたように覗き込もうとした。

そうか。同じような形と思っていたが木目も肌触りもすべて違うのだ。

「やっと分かったよ、なんか」ありがとう。僕はもう一度いった。

夕子ちゃんは鉄階段の手すりから、向かいの大家さんのベランダまでひょいと跳び移るのだが、朝子さんは鉄階段をかんかんと小さな音をたてて歩いた。足元気をつけて。声をかけると、降りきったところで振り向いて

「満月」とくっきりした声で、僕のさらに頭上あたりを指した。鉄階段の踊り場に出て首をねじると、雨避けのトタンの横に大きな月が半分隠れていた。

「ですな」重々しく声をかけると、薄く微笑んで朝子さんはひたひたと家に入っていった。

朝子さんと入れ替わるように取材帰りの瑞枝さんが裏口まできてちょっと呑もうよ、と声をかけてきた。部屋に戻り、食べかけのカップラーメンを持って階段をおりる。瑞枝さんは午後も持っていた肩かけ鞄と白いビニール袋を持っていた。

横断歩道を渡り、ヤクルトとバイクショップの狭間を歩いて瑞枝さんの平屋に向かう。

戸外をちょっと通っただけなのにラーメンはぬるくなっている。瑞枝さんの炬燵の上にはノートパソコンと、バンカーズランプ。留め金のついた小箱は化粧道具入れだろうか。瑞枝さんはビールとグラスとおつまみを一度に持ってきた。これ、捨てさせ

てください。カップラーメンのつゆを捨てに立ち上がる。瑞枝さんの家の台所は狭かったが綺麗に片づいている。三角コーナーにつゆを捨てて戻ってくると、瑞枝さんは小箱を開けて、蓋裏の鏡を覗き込んでいた。

「目こすったら睫毛はいった」とひとりごちる。僕は向かいに腰を降ろして、あたりめの封を切った。マヨネーズつける？　鏡をみたまま瑞枝さんはいった。いや、いいです。

「さっき朝子さんから箱もらったんですよ」へえ、いいな。瑞枝さんの小箱の中にはやはり化粧品らしきものがみえる。

「そういえば、コンシーラってどういうものですか」瑞枝さんは目をこすって箱を閉じた。

「コンシーラ」瑞枝さんはプルタブに指をかけて、目線を上にやった。

「コンシーラーじゃないの」発音違ってましたか。朝子さんはコンシーラっていってましたよ。

「最近の子はおしゃれだよねえ」と瑞枝さんは息をついて、ビールをグラスに注ぐ。コンシーラーなんか使うんだねえ。瑞枝さんはビールを缶のまま呑まない。おつまみは、袋のままだ。

「瑞枝さんは使わないんですか」

「私。私はだって、ニベア世代だもん」

さっき朝子さんの口から発せられたとき、コンシーラという単語が目の下の隈を隠すようなものにはちっとも思えなかったのだった。なんだか、松本零士のSF漫画に出てくる宇宙人の美女みたいに聞こえた（私の名前はコンシーラ）。そういってみると
「そうかなあ」瑞枝さんは変な顔をした。小箱をあけて、コンパクトを一つ取り出す。

「じゃあ、アイシャドーは」それは、悪の軍団って感じですね（おのれアイシャドーめ）。とっさに答えたが「じゃあ」といわれるとは思わなかった。別の平たいのを取り出した。

「じゃあファンデーションは」なぜか瑞枝さんはムキになっている。ファンデーションは、そうだなあ、物体を解析するための光線みたいなものじゃないですか（ファンデーションをもっと強くあててみろ）。

「ゲランは」怪獣だ（ゲランの尻尾を狙え！）。

「ソフィーナは」美貌の乗組員（そんな心配そうな顔するなよ、ソフィーナ）。

「マックスファクターが宇宙船だな」怒ったような笑ったような声で、瑞枝さんもあたりめをかじる。四つ五つ並んだ化粧品を、順に戻していく。ぱたんと蓋を閉じて、仕事しなきゃなあ、といった。いつもは五百ミリリットルのビール缶が今日は小さいと思ったが、そういうわけか。

「じゃあ帰りますよ」あ、いいのいいの。ノートパソコンを自分の側に引き寄せて、蓋を開けた。何かモーターの回転するような音が鳴る。

「こういう仕事は減らして、やっぱりイラスト描くよ」瑞枝さんは手帳を広げた。

「昨夜、決意してましたね」うん。絵に自信はあるんだ。でもこの年になると、売り込みに前傾姿勢になるのがしんどくて、ね。

「分かります」

「君さあ、私の家に住まない？」瑞枝さんはなにげなくそういった。

「えっ」

咄嗟に返事が出来ない。少し前にもこんなやりとりがあった。バイクで転んだ瑞枝さんを見舞ったときに「子供つくってくれる」といわれた。瑞枝さんは床伏して、弱っていた。うっかり「あーはい」などと返事をしたら瑞枝さんは本当かなあ、と苦笑いした。「でもありがとう」といってくれたが、「はい」などと簡単にいうべきではなかった。後で思い返して気持ちがひやりとしたのだ。

簡単に尋ねるべきことではないとも思うが、瑞枝さんはあのとき生真面目な断りの言葉を（ないしは生真面目な「はい」を）求めていたように思う。うっかりした「はい」が返ってくるとは瑞枝さんは考えていなかっただろう。

あのときと違って瑞枝さんは起きているが、同じランプが灯っている。

正直、瑞枝さんはすてきな女性ですよ。だけど、僕もほら、定職もないですし、と心の中で真面目な断りの言葉をあれこれ選んでいると

「お風呂のリフォームしたばかりなのに引っ越すのもったいないからさ」とつづけるので、あれと思った。瑞枝さんは炬燵の脇の鞄から手帳と昼間の録音機を出した。

「瑞枝さん引っ越すんですか」

「すぐは無理だけど、そうしようと思ってて」それで、仕事多めにいれてたんだ。瑞枝さんはキーボードを少し叩く。インタビューの起こしだろう。

「なんだ」同棲を求められたのではなかった。瑞枝さんは録音機の再生ボタンを押した。

「えー、急に言われても」機械から聞こえたのは僕の声だった。昼のことなのに、そんな台詞を喋ったことを忘れていた。瑞枝さんはタイミング良すぎといって笑った。

僕の声は一瞬で、すぐに取材先の、喫茶店の気配と瑞枝さんの乾いた質問の声になった。まだしばらくいるけどさ、といいながら機械を一時停止させる。やっぱり私つける。そういって台所にたつと、マヨネーズを持って戻ってきた。

「ここ、四万五千円って格安でしょう」知らない人のために風呂のリフォームしたかと思うと馬鹿馬鹿しいからさ。以前から石鹸入れだの食器だのをくれる瑞枝さんだったが、あげたい病ここに極まれり。

僕はビールを呷った。瑞枝さんに成り代わって、ここに暮らす自分を想像しようとしたが、炬燵に丸まっている今の自分の姿以外、何も浮かばなかった。

「バイクで事故ったときから考えてたけど、昨日、若い人達の展示をみてまわっていたら、いよいよそうしようって」

そうですか。僕は黙った。さっきから心を支配しつつある気持ち、これは同志を失う寂しさだと気付いた。瑞枝さんは旦那さんと「長い長い別居状態にある」といっていた。僕の思考停止の友のつもりだったのだが、瑞枝さんは動く気になったらしい。

つまらなそうな表情になっていたのか、瑞枝さんは頭出しのボタンを何度か押して、僕の顔の側に機械をかざした。

「えー、急に言われても」僕の声がまたいった。はじめに発したときよりも、それは不平そうに響いた。炬燵の向かい側で、瑞枝さんはずいぶん長いこと笑った。

フランソワーズのフランス

フラココ屋のノートパソコンは金色だ。塗られたのは昨日のことなのに、忘れていた。

早めに窓拭きをすませてしまおうと店先のガラス前の品物をよけていたら、板の間の方で大西君がおぉっと声をあげた。大西君は机上のノートパソコンの画面を閉じて、うろたえた顔をしている。

「ああ、それ」

「なんですか、これ」

「アクリル絵の具だよ」金の塗料がパソコン一面を覆っている。

「すごいですね」大西君は美大生だ。最近よくフラココ屋に来るようになった。学部の課程は卒業して、四月からは大学院生としてひきつづき通っているそうだ。

同じゼミだった隣家の朝子さん目当てで店にくるのかと思っていたが、そういうわけでもなく、古い物に興味があるらしい。実際大西君は一昔前のスタジャンを着ている。古着屋では結構するのだという。僕が十代の頃は、もっともダサいとされたものなのだが。四月のいい陽気の中では少し厚着にみえる。

「思い切りいいですね」大西君はピアノの蓋に手をかけるような手つきだ。指でなぞって金色が乾いているかどうか確認している。まだ少しべたつくところがあるかもしれない。

「いや、僕じゃなくて店長がやったの」ああ、やっぱり。なにがやっぱりなんだろうと思いながら、スプレーをガラスに丸くふきつける。

昨日、和物の食器を仕入れてきて段ボールから一つずつ出してみたら、いくつか真っ二つに割れている茶碗があった。店長はまずパテでついでみた。上手にくっついたがパテの色は白くていかにも安っぽいからと、ついだ跡に金色を塗ることにした。「金つぎ風」ふう、に力をこめた。塗料が余ったので、店長は筆と、アクリル絵の具をといた皿――本来は植木鉢の下に敷くもの――をもったまま「なんかないか、なんかないか」と店内を歩き回り、店のホームページを管理しているノートパソコンの背にぺとりと塗りつけ、僕はえっと声をあげた。

「いいんですか」

「だって、高いんだよ」店長は塗料のことをいったが、パソコンの方が高かろう。茶碗を塗るときは難しい顔をしていたのが、パソコンをくすぐるように筆をなすりつける店長の手先は大胆だ。

僕が不器用で、ものを塗るのも下手ということは、一月の大掃除で床に薬品を塗ったときにもう知れていた。金の塗装は手伝わされることなく、店先で棚の埃を化学ぞうきんで拭き取りながら店長の手つきを眺めていた。

「それより明日でいいからガラス拭いてよ」手伝いますかと一応声をかけると店長はそういった。君、ガラスはうまいみたいだから。車の行き来もあり、バスも通るからショーウィンドーはすぐに埃っぽくなる。

店長は最近仕入れた古いラジオから流れる曲を鼻歌で歌いながら筆を動かす。ノートパソコンは店の板の間に上がってすぐの机に、常に置かれるようになっていた。ADSLのモデムが床にあって、椅子をひくときはコードを踏まぬよう注意を払わなければいけなくなった。

インターネットに「フラココ屋ページ」を載せてもしばらくは反応がなかったが、

骨董屋同士でつくる連合（とでもいうべきもの）に加入してから一時的に客足が増えた。

「ネット上で市をやってるようなものだな」主催者に「場所代」を払ってスペースをもらう仕組みは、現実の古物市と似ている。

コレクターやマニアがネットでなんでも検索して手に入れる時代とはいえ、やはりアンティークは実物をみないと納得できない人が多い。皆、なぜかおそるおそるという顔で店を訪れる。

半分くらい塗ったところで夕子ちゃんが入ってきた。買うつもりのない人は、逆になにか確信に満ちた顔で入ってくることが多いと店長はいっていたが、夕子ちゃんは大体そんな風だ。

「ネットやらせてください」

「いいけど、今塗ってるから」店長はなにかモチーフがあるかのごとき難しい顔でパソコンに向かっていて、模様でも描くのかと思っていたが、どうも単に塗りつぶしているだけにみえる。筆先が小さいから、まだまだ背面は広大に残っていた。

夕子ちゃんは「なにを」といいながら、板の間にひょいとあがる。板の間と床には大きな段差がある。木箱が踏み台として置かれているが、なんだかぐらつく。陶器を運ぶときなんかはおっかなびっくりだし、そうでなくても心の中で気をつけてしまうのに、夕子ちゃんの踏み方は無防備で、僕と同じものを踏んでいるように思えない。

フラココ屋癖がついたとでもいう感じで、夕子ちゃんは最近入り浸るようになった。定時制高校にいく一時間ぐらい前にきて、椅子に腰掛け、パソコンをいじったり、ティーバッグの紅茶やコーヒーなどを飲んでいく。

君になついてるんだよと店長はいうが、店長がいるときは二人で掛け合い漫才みたいになることの方が多い。

夕子ちゃんは入荷したてのランプのフードをみて「きれい」といった。

「そう」店長は自分が塗っているパソコンのことをいわれたと思ったようで機嫌のいい相づちをうったが、夕子ちゃんは店長の方をみるや大声で
「なにやってるんですかー!」と指さした。

「ペンキ余ってさ」ペンキじゃないや、塗料だけどね。皿にはまだまだ金色の液体がとろりと残っている。私も塗りたいっていうだろうな、と思っているとやはり
「塗らせて」といって近づいていった。モデム気をつけて、といおうと思ったところでコードを足にひっかけ、壁際のコンセントにささったＡＣアダプターがごろんと抜け落ちた。

「あぁー」

「あ、ごめんなさい」

やっぱり場所変えないと駄目だなあ。店長は腕組みをした。夕子ちゃんが帰ると、あちこちに塗りむらのある黄金のパソコンが出来上がった。

店長の名誉のためにと反対の壁際のテーブルに置かれた「金つぎ風」茶碗を大西君にみせる。

「こっちはとても上手ですね」パソコンと同じように、慎重な手つきでふれる。やっぱり売り物には注意を払うんですね。

「そうじゃなくて、パソコンのこと、なんていうか、馬鹿にしてるんだよ、あの人は」名誉を考えていたはずが、変な物言いになってしまう。

「アプリケーションエラーが発生しましたー？」「インストールCDを挿入してくださいー？」画面に出る文章を棒読みするとき店長は小声だが、語尾はたしかにあがっている。それは単に疑問形というだけではなく、また思うように動作しないことへの苛立ちだけでもなく、あからさまな侮蔑の意が込められている。ヤンキーが囃し立てるときの声音に近い。とにかく人間を相手にしているぐらいに感情移入はしている。

「機械は使うけど、機械に使われたくない、みたいなことですか」大西君はいった。

いや、そんな格好いいことじゃなくて、なんていうかこう、大人げないんだよ。でなければ、こんな雑な塗り方はしない。喋りながらうまい言葉がみつからない僕のもどかしそうな顔を大西君は面白そうにみている。

昨日より早い時間に夕子ちゃんが入ってきた。

「朝子お姉ちゃんから絵葉書きてるよ」

「八木さんって、旅行にいってるの」大西君が尋ねる。知らなかったのか。

「お姉ちゃんはドイツにいってる」

夕子ちゃんから絵葉書を受け取る。どこかで見覚えのある像と青空の写真。フラコ屋は、大家である八木邸の敷地内にあるから、ときどきこちらへの手紙が八木宅のポストに入ることがある。

「お父さんに会いにいった」八木さんのところはお父さん、海外なんだ。大西君は朝子さんのことをあまり知らないみたいだ。僕は旅行のことは知っていたが、朝子さんの書いた字をみるのは初めてだった。

フラココ屋の皆さんお元気ですか。昼間の私はヴェンダースが映画に撮ったベルリン国立図書館に通っています。歩いて本の森を漂い、吹き抜けの階下をいつまでも見下ろしています。そうして夕方からは家の外のプラスチックの椅子に腰掛けて、ひねもすビールのんだりしています。ではお元気で。

八木朝子

朝子さんの字は小さかった。ペン先も異様に細い。黒とも青ともいえない、しかし単なる紺色とも異なる、濃厚な色。今はこういうむやみに細くて微妙な色合いの水性ボールペンを売っているのだ。

「私とおじいちゃん宛にきた葉書と、感じが違う」夕子ちゃんはつぶやいた。そっちはどんなことが書いてあったのと尋ねると、鞄に入っているのを出してくれた。夕子ちゃんの鞄は新しくなった。だが前のについていた汚れたマスコットはまだぶらさがっている。

取り出した絵葉書にはなにかの建物が描かれていた。裏返すとどちらも同じ形の消印が捺されている。

おじいちゃん、夕ちゃん元気ですか。パパはまた太ってました。夕ちゃんデジカメのカード送ってください（こっちで買うと高い）。むき出しで封筒にいれて

大丈夫です。こっちで送るのはチョリソーだけでいいですか。ではまた。朝子

「ヴェンダースとか、そういう格好いいカタカナが、こっちにはない」そういって夕子ちゃんは笑った。パパもチョリソーもカタカナだよとはいわずに、二人にお茶を出すことにして立ち上がり、暗幕で区切られた奥に向かう。

夕子ちゃんは察してすぐに「わたしコースー」といった。夕子ちゃんはインスタントコーヒーをインシタンスコースーという。アイスコーヒーはアイシコースーだ。昔の業界用語か、学校ではやっているのか、よく分からない。

暗幕のすき間から二人の様子がわずかにみえる。夕子ちゃんは長椅子にくつろいで、その横で大西君は立ったまま腰をかがめて、二枚の絵葉書を較べてみている。こういう空気、なにかに似ている。

暗幕のこちら側は小さな台所とトイレで、すぐ裏口になっている。一口コンロにやかんを置いて『インシタンスコースー』の大きな蓋を回しながら、部室だと気付く。学校の部活動の、活動をはじめる前のだべっている空気。

向こうで大西君があこれ、あの像だ！と実物をみたことがあるような声をあげた。夕子ちゃんがあのってなに、と尋ねる声。大西君が「ベルリン・天使の詩」につ

いて語り出す。あれはいい映画だよ、僕のベストだとまでいうので、ホーローのマグカップに粉をさらさらと落としながら、へぇそうかと思う。最近入り浸るだけで買わない常連が増えたので、店長はお客さん用とは別の安いカップを用意したのだ。そういえば朝子さんがドイツにいってからだ、夕子ちゃんがここに入り浸るようになったのは。やかんのお湯がだんだん沸き始める。

大西君はマグカップに一口二口つけると立ち上がって、スタジャンのポケットに手を入れた。

「あ、コー、コースー、ごちそうさまでした」と律儀に会釈をして、踏み台を軽々と踏んで出ていった。

黄金パソコンを起動させてメールをチェックすると店長からで「画像を送っておきます」とある。最近はセリで良さそうな品が出ると、その場でもう欲しそうな常連客に画像を送り、感触を確かめる。競り落とすかどうかの参考にするらしい。若い同業者が皆デジカメや写真機能付きの携帯電話を持ち歩くようになり、遅ればせながらの導入だった。店のパソコン宛にも届くのは画像を保存しておくためだ。ダブルクリックして開いてみた画像はなにかの箱だった。側で電話が鳴る。

「あー、メールみた？」いきなり店長はいう。パソコンを馬鹿にしているくせに声音は弾んでいる。みましたみました。画面には木の小箱がある。

「なんですか、これ」

「なんだと思う」店長は最近もったいぶる。教えてくれぬまま、おつかいを頼まれる。本店に持って行くつもりだった物を風呂敷にまとめてあるから、それと台所の脇の段ボールに白い紙箱が入ってるからそれも頼む、と。

「あと、今からいったら客がきて待ってるはずだから、俺がいくまで適当に相手して」などという。

「こっちはもう閉めていいんですか」最近、客足が落ちている。くるのはネットでみて確認にくる人ばかりだ。だからこそ店は常時あけておくべきなのではないかと思うのだが。台所の脇の段ボールに、白い箱は一つしか入っていない。細長い無地の箱で中身がなにか分からないが、片手で十分に持てる、小さく軽い物だ。セロハンテープで封がしてあり、開けてはいけない気がする。

風呂敷包みをほどくが白い箱を足すと縛れない。仕方なく片手に一つずつ持つことにする。

裏口に内側から鍵をかける。いつも貼る「臨時休業」と書かれた紙を口にくわえて、夕子ちゃんに布テープを渡して二人で表から外に出た。荷物をいったん置いて、表のシャッターに手をかける。降ろしきらずに十センチくらい空間をあけておく。夕子ちゃんから布テープを受け取り、ちぎって紙の上下を貼る。シャッターのすき間からテープを足で押しやって、おしまいまで降ろし鍵をかける。再び荷物を持って、夕子ちゃんと歩きだした。

夕子ちゃんは自転車を押した。いつもの近道をゆくつもりかと尋ねると、僕の風呂敷包みをちらっとみて、いいや、一緒にいくといった。

歩道は狭く、僕が少し先を歩いた。ちりちりという車輪の音がつづく。バス停を過ぎたあたりで、やはり夕子ちゃんは細い住宅街の路地に曲がろうといった。そっちが近いのか、尋ねずに従う。路地に入る手前で立ち止まり、カゴに縦に入れた鞄から袋入りの飴を取り出す。いらないという意味で手をかざすと、夕子ちゃんは一粒むいて、中指に載せたそれをすぐに口に移した。夕子ちゃんの自転車のカゴにはなぜか洗濯ばさみがいくつかとめてあった。

夕ちゃんはね、いろんな道を知っているんだよ。

前に朝子さんがそういっていた。初めて歩く道だが、方向からして駅に近付いていることは間違いない。

僕は土地勘もなく、いろんな道を試すのが面倒くさい。一つ覚えたら馬鹿みたいにそこだけをたどる。いろんな道を知っているだけで畏敬の念が湧き起こる。ここ？

「ここ」夕子ちゃんはシャッターの降りた店の前で不意に立ち止まった。

「いつもは朝早くから、ずいぶん遅くまでやってるんだ」

「ふうん」どれくらい？

「明け方までやってることもあるよ」夕子ちゃんは再び歩き出し、今度は僕が後につづく。もう一度「ふうん」といった後で、何屋さん？と尋ねる。質問の順序が逆になったと思いながら。

「本屋さん」

「そうか」でも今日は休みだったね。うん。振り向いても前を向いても、およそ商売の成立するとは思えない住宅街だ。これからいくフラココ屋の本店も同じような立地だが。

夕子ちゃんは押していた自転車に乗った。ペダルを半分こいでは空回しして、ときどきふらふらしながら僕の横にくっついていたが、不意に「先に駐輪場にいってる」というと、立ちこぎで追い越していってしまった。え、道分からないよといいかけたが、やめた。

仕方なく、まっすぐ歩いていく。畏敬は畏れ、敬うと書く（畏れもあるのだ）。首筋を指でかきながら歩く。夕子ちゃんが曲がった方へ足を向けると、やはり見知らぬ住宅地が続いていたが道なりに進むとやがて駐輪場にぶちあたった。

「当駐輪場利用者以外の通り抜けを禁じます」と鉄看板が立っている。看板脇には漫画っぽい絵で「ダメ！」とふきだしつきで手を交差させた女の姿。

さも自転車を取りに来たような素振りで入り、反対口では今向こうで停めてきたところという顔で、そそくさと出る。出口に夕子ちゃんが立っていた。少し抗議したい気持ちになるが、夕子ちゃんは鞄からまたさっきの飴を出して舐めた。

「いいね、その鞄」これ？　そう。

「これ、お姉ちゃんがくれたんだ」ガード下をくぐり、夕子ちゃんの声が反響した。ここでいつも段ボールをかぶって寝ている男がいるのだが、今日は段ボールだけがいつもと同じ形を保っている。ガード下につづく路地に並ぶ居酒屋はどこもまだ開店前で、のれんや看板はしまわれている。やっとにぎやかな駅前になると夕子ちゃんはカメラの量販店に寄りたいといった。朝子さんのはがきにあったメモリーカードを買うという。

レジで鞄から出した夕子ちゃんの財布は大きかった。小銭も札もたくさん入りそうだ。うつむいて、つり銭を小銭いれに落としている。夕子ちゃんは買い物を終えた後も店内に並ぶパソコンを眺めながら歩いた。

「私もパソコン買うんだ、今度」朝子さんが卒業祝いに買ってもらったパソコンは小さくて、とても薄いものだったという。

乗り込んだ電車はすいていて、二人並んで座る。

「日が長くなったな」初めて本店に出向いたのは真冬で、足元に暖房がきいていた。そのときも偶然だが夕子ちゃんと同じ電車になった。

夕子ちゃんはカメラ屋の小袋から買ったものを取りだし、爪をこじいれて箱を開けた。親指と人差し指でカードを取り出す。切手のように薄く小さい。櫛のような端子部分は金色で、あとは青いばかり。

「小さい」手の中の飴を眺めるように夕子ちゃんはいった。

「うん、なんていうか、母親に掃除機で吸われてしまいそうだね」カラカラーって。面白いことをいったつもりだったが夕子ちゃんは笑わずに

「お姉ちゃん、もう帰ってこないつもりかな」といった。

「どうして」小さなカードから視線をあげた夕子ちゃんは、しかし暗い表情ではなか

った。

大学を卒業した朝子さんが出ていくのは不自然なことではない。返事に迷ったが、夕子ちゃんは答えを求めていたわけでもないらしく、カードを元の箱に押し込むように戻した。

「そんな気がする」なんとなく。

「そう」電車が停車して、一人二人乗り込んでくる。

「ねえ、金色ってさ」ん？

「金色って、どうやったら塗れるのかな」電車が動き出すと話題が変わり、さあ、といってしまう。自分の返事が変だと思い、遅れて夕子ちゃんの質問が変だと思う。昨日、自らも筆をとっていたくせになにをいっているのか。

「塗ってたじゃん、昨日」ツッコミをいれるように素早くいうと、笑いながら夕子ちゃんは「そうだけど」といった。

それからコミケの話になる。春のコミケではコスプレしないのだという。曰く、大きい会場で行われるイベントはコスプレ不可のところが多い。

「コスプレは、オンリーのところでやる」オンリーってなにと尋ねたところで夕子ちゃんの降りる駅になった。

「ええとねえ」オンリーの説明をしたそうな顔で立ち上がる。

「またね」また今度ね、というニュアンスでいって電車を降りた。夕子ちゃんは自分の通う定時制高校の、先生とつきあっている。会釈する程度だが会ったことがある。先生というよりも恋人というよりも、なんだか友達みたいな気配の人だった。先生もコミケでコスプレをするのだろうか。いまどきの先生なら、ありえなくはない。

最近は店でだべっていても先生の話をしない。うまくいっていないのだろうか。ドアがしまり、電車が動き出したところで窓をみれば夕子ちゃんは立ち去らずにホームから手を振っていた。あわてて振り返すが、あっという間にみえなくなった。

フラココ屋の本店、といってもそれはつまり店長の実家だ。裏庭の倉庫を改造してあり、客は家の裏口から入る。はじめにいったときはちゃぶ台を、二度目は重い壺の入った桐箱を携えていったっけ。

駅前に降りると、コンドルは飛んでいくみたいな民族音楽風の曲を演奏するグループがいたが、誰もが素通りしている。僕も脇をすりぬけて、うろ覚えの道をたどっていく。店長の家はけっこうな邸宅だ。倉庫も、本当の蔵を改築したものだ。前に来たときはとても寒かった。今年の冬はずっと寒かった。それがもう桜も散ってしまった。フラココ屋の二階に居候するようになって、気付けばもうすぐ四カ月になる。

前に来たときに押したインターホンの呼び鈴には触れず、そのまま塀伝いに歩く。裏口の扉には「フラココ屋」と書かれたプレートがかかっている。扉の側に平たい車がとまっている。扉は半分開いていて、入ると蔵の前にフランソワーズがいた。

フランソワーズは立ったままコーヒーを飲んでいる。

「こんにちは」声をかけると

「ミキオを待っているの」といった。知ってる、と思った。

フランソワーズはコーヒーカップとソーサーをどこに置くか迷っているみたいだ。直行するといわれたが、もう三十分は待っているそうだ。店長がいっていた客とはフランソワーズのことだったのか。蔵の脇の地面にすのこが敷いてある。そんなに汚れてなさそうなので、持ってきた荷物をとりあえず置いてしまう。

知ってる、と思ったのは、待っていることを知っていたということではなく、前にも、ミ、キ、オ、を、待、っ、て、い、る、フランソワーズをみたことがあって、その姿を見知っているということだ。前に会ったのは港だった。平たくはないが車で来ていて、運転席に座ったままで紙コップだが、やはりコーヒーを飲んでいた。待たせていたのはミキオ、つまり店長だった。

蔵の扉のかんぬきに触れてみる。本物の蔵の、本当のかんぬきだ。四角く太い棒が通されている。表玄関の方から店長の母親がやってきたので会釈をする。

「あなたたち、こんなところじゃなくて、中で待てばいいのに」フランソワーズもさっきそういわれて一度断ったのではないか。久しぶりに会う母親の口調も以前と変わってない。子供の友達に語る風。

「いや、店長すぐに来ると思いますから」そういうと、フランソワーズはそれには首肯しかねるという意味かそっぽをむいた。

「あなたはコーヒー、紅茶どっちにする」どうぞおかまいなくといったのだが母親は聞こえないみたいに
「どっち」と、ゆっくりと繰り返した。

「じゃあ、僕もコー」スーといいそうになる。

「ヒーを」お母さんは頷くと、すっすと歩いて戻っていった。

「そういえば、絵の鑑定はどうでしたか」港の側の画廊で引き渡した号数の大きな絵のことをきいてみる。本国に送って鑑定するといっていた。フランソワーズは塀に近付いて腕をのばす。以前に僕もそうしたように、ソーサーとカップを塀の上にとりあ

えず置くことに決めたようだ。

「本物だったに決まってるじゃないの」フランソワーズは背が高く、塀の上まで手を伸ばしても背伸びしなかった。断言されて、なんだか怪しいと思った。

「ミキオには慣れた？」はい。それを尋ねるなら店には慣れた？　ではないか。

「ミキオって変な人でしょう」あーはい。昨日の金の塗料のことを思い出してその話をしてみると

「そもそも、茶碗をパテでつぐのが変なの」変よ、変。フランソワーズは刻むように繰り返した。

「だいたい、フラココ屋って名前からして、ね」そこでちょっと肩をすくめてみせた。すくめたついでのようにコーヒーカップを持ち上げて口をつける。

「変ですか」

「私らの世代からすればね。ちょっと恥ずかしいのよ。そういうネーミングのセンス」そうなんですか。

「なんていうのかな。日本の、ニューミュージックっぽいっていうか」なるほど。日本のニューミュージックというもののセンスのなんたるかを分かって、あまつさえ恥ずかしいと感じるフランス人もまた変といえば変だ。

いつものすすけたエンジン音が聞こえて、表に出る。平たい車の後ろにワゴン車が停まり、店長が降りてくるところだった。

「すげー車」と、目前の平たいのをみやり、裏口に入る。

「絵を売った金で買ったのか」とつぶやくように尋ねながら、かんぬきを外す。フランソワーズはそれには答えずに

「三十分以上遅刻だわ」といった。店長もそれに答えず

「どうだった」と尋ねた。フランソワーズは「祖父が死んだのよ」と僕に向かっていって腕を組んだ。

「お葬式もすませて、家はまだほとんど片づいてないんだけど、仕事もあるし昨夜戻ってきたのよ」店長は、そうかといいながら蔵のかんぬきを外した。すのこの上の荷物を見て「お、ありがと」といって蔵に入る。中は改装してあり壁も真っ白く、サッシ窓もついているし、裸電球も吊ってある。床から天井までの在庫にしめられていた。テーブルの上にも小物やランプが置かれたり、棚にも食器などが並ぶので、倉庫なのに部屋の感じがある。部屋と違うのは家具同士が近くて、通路がほとんどないということだ。

店長と二人で仕入れてきた家具の搬入を始める。塀の外のワゴン車の荷台と、蔵の

前とを行き来しながらフランソワーズの祖父の死因をきく。老衰だという。

「祖父のことで、今度は母がしょんぼりしちゃって。来週、旦那と二人でもう一度発つつもりよ」フランソワーズは語尾に「よ」とか「わ」をつける。

今日店長が仕入れてきた中でもっとも大きいのは横長の箱だった。長もちのようだが、両端についた取っ手や縁についた金属の装飾は洋風だ。蔵のものをいくつか出さなければ入りそうもない大きさだ。まずは車から降ろして、すのこまで運ぶ。

僕はあの絵、本当に本物だったんですかと聞きたくなっていたが、フランソワーズはさっきから不機嫌なのではなくて、もっと別の懸念のさなかにいたことに気付いたので黙った。

フランソワーズは塀のそばに立って我々の作業を眺めていた。

「年だしね、長くないのは分かってたのよ」ぽつりといった。ときどきカタコトの日本語みたいな発音も混じる。腕組みをしたままのフランソワーズの肩の上あたりにコーヒーカップとソーサーがみえた。

「これ、積んで」店長は蔵から出してきた二脚の椅子を指していった。やっぱりと思う。最近は、店長がどれとどれを出してどれを収めるつもりか、見当がつくようになってきた。またすぐ蔵の中の、家具と家具のすき間に体をねじこむように入っていく。僕は互い違いに重ねた椅子を持って表に出る。

「おじいさん、いくつだったの」店長の遅い相づちが小さく聞こえる。

「卒寿よ」フランソワーズが答える。ソツジュ。ソツジュって八十歳だったか、九十か。フランソワーズは日本の大学でフランス語を教えている。教えていた、のかもしれない。旦那さんがいることはさっきの会話で知った。椅子を抱えたまま平たい車をみやって、本当にあの絵は本物だったのかしら、とまた思う。号数の大きい何枚かの絵を、僕と店長とで運んだのだ。アンドリュー・グリフィンの油彩画、本物なら億はくだらないときいたが。

「またしばらく向こうにいなきゃいけなくなりそう」

汚れたワゴンの後部から荷台に乗り込み、奥に椅子をいれる。フランソワーズ本人は何歳なんだろうか。置いた椅子ががたつかないか確認する。店長は多分まだ手前のスペースにあれを積むつもりだろう。目測をして、荷台を降りると、塀の上のカップの取っ手を、マニキュアをした指が慎重につかむのがみえた。カップが消え、ソーサーだけが塀に残る。

裏口から戻ると、フランソワーズはコーヒーに口をつけていた。店長は蔵の奥に入り込んだまま、ろくに相づちもうってないようだ。

「……だから、いろいろすんだところに引き取りに来てもらえたらって思うんだけど」

みえない店長に声をかけている。

「引き取りって、フランスにですか」思わず僕が聞いてしまった。

「そうなのよ」手で僕を叩く真似をして、おばさんみたいだ。うちのおじいちゃんの集めた家具は絶対に高いわよ。少し嬉しそうに声が弾んだ。処分するにしても、カモられたら嫌でしょう。だからよく分かる人にきてもらいたいの。

「でも、フランスでしょう」

「旅費ぐらいだすわよ、あなたもいらっしゃいな」いらっしゃいな？　僕もですか。

「うちはね。プロヴァンスよ。プロヴァンスはいいわよ」コラーゲンはお肌にいいのよみたいな調子だ。

そこに店長の母親がコーヒーを持ってきた。受け取って口をつける。

「あ、俺にもコーヒーね」店長は段ボール箱にごちゃごちゃ小物をいれて出てきた。

「もう、家に入って飲みなさい」母親は怒ったようにいって戻っていく。フランソワーズのソーサーの隣に自分のを置いて、店長から段ボールを受け取る。

「引き取りだって？」店長は半分くらい聞こえていたようで、怪訝な声をあげた。

「そうなのよ」さっきと同じ調子でフランソワーズはいう。

段ボールを持って塀の外に出る。気安くフランス行きを口説く声を聞きながら、荷台に乗り込み、椅子の手前に段ボールを置く。荷台から降りるときになにかひらりと飛んだ。燕だ。手ぶらで裏口に入ろうとしたら、店長の汚れた指が僕のコーヒーカップをとるのがみえた。

重たい横長の箱をやっと蔵に納め終えると店長はすのこの端に残った白い小箱をフランソワーズに渡した。

フランソワーズは開けるなり

「なにこれ」と、男みたいな野太い声をだした。のぞき込むとそれは電動歯ブラシだった。

「いい電動歯ブラシを探してるっていってたじゃん」と言い終わる前に

「いやよ、中古の歯ブラシなんて!」と、今度は女みたいに怒った。店長はかまわずに手をのばし、電動歯ブラシを取り出した。白くて胴体が太い。電源コードがだらんと伸びる。

「充電式じゃないですね」僕が指摘すると店長は初めて気付いたようだ。

「説明書も日本語じゃないし」

「安心と信頼のドイツ製」

大丈夫だよ、古いけどこれ未使用っぽいし、ほら替えのブラシとか付属品もあるし。店長は立ったまま自分の歯の前に歯ブラシをかざしてみせた。電源コードはヘアドライヤーのそれみたいにくるくるとカールしている。そのまま土の地面に伸びながら落ちた。

「いやです、絶対にいや」フランソワーズは怒り方にもめりはりがある。視線は足元でぶらぶらとゆれるコードの先だった。なぜかプラグは日本のそれと同じ形。

「今、鰻とったけど、あなたたち食べていくでしょう」母親が声をかけてきた。そっちをみると、母親の背後で、また燕のような鳥が視界に入った。まだ燕の季節には早いのではないか。

「食べていくでしょうって、とっちゃってから食べないっていわれたらどうすんのよ」店長がいった。

「今度、五月場所をみにいきましょう」フランソワーズは別れ際にいった。最近はチケットとりやすいらしいしね。左ハンドルの運転席にすべりこんでエンジンをかけるとカーナビの画面が輝いた。平たいけど4シーターだ。エンジン音もぐっと重たく響かせて去っていった。

「格好いいですね」店長にいってみると頷いた。

「なんか、乗り込むというより、半地下に降りるみたいだったもんな」

店長と二人でぼろいワゴンに乗り込む。長居して、すっかり日も暮れてしまった。鰻の小骨が刺さったらしくて、店長はいつまでもエンジンをかけずに指を口腔にいれてもどかしそうにしている。

僕の膝には細長い白い箱。電動歯ブラシは僕のものになった。フランソワーズさんは無駄足でしたねといいながら、シートベルトをしめる。

「本題は、フランスにきてくれって言いたかったんだろ」

「そういえば、絵は本物だったんですか」さあねえ。店長はそっけなくいって、また指を口にいれながら、やっとエンジンをかけた。

「プロヴァンス、いきますか」

「プロヴァンスー？」肯定でも否定でもないみたいだが、店長は語尾をあげた。

「いきたい？」問われて考えてみるが、なんとも思わない。

「そういう格好いいカタカナに反応するのは夕子ちゃんぐらいでしょう」そうかもね。車が動き出し、大きな家を助手席の窓からみあげる。もしかして、燕の巣はこの家の軒下かもしれない。

歯ブラシの箱をもったままフラココ屋裏の鉄階段をあがる。居候している二階の六畳間に戻り、さっそく使ってやれ、と小さな流しのすっかり毛の開き切った歯ブラシを燃えないゴミの袋に投げ入れて、かがんでコンセントを探す。プラグを差し込むといきなり本体が大きく震え出して慌てる。電源のスイッチがｏｎの側になっていた。充電式じゃないんだ。夕方口にしたことを改めて思う。

水道が壊れているのでやかんにためてある水をコップに注ぎ、ブラシをつけて湿らせる。歯磨きをのせて、あらためて電源を入れる。振動が大きすぎるのかペーストがぽとんと落ちてしまった。

畳に落ちたのを指ですくい、もう一度つけるか捨てるか、一瞬迷う。いいや。そのままケーキのクリームを舐めるように口にうつして、また電源を入れなおした。歯ブラシを口にいれる寸前でノックの音が聞こえた。歯ブラシの振動音が大きく、聞き逃すところだった。

口の中の、泡立つ前のペーストを仕方なく流しにぺっと捨て、すぐ側の薄い戸をあけると夕子ちゃんが立っていた。昼と同じ格好で、だがなにか切迫した表情。

どうしたの。部屋に招き入れそうになって、思いとどまる。部屋はフラココ屋の在庫で満ちていて、僕の暮らす場所は細長い一畳ほどだが、それでもその一畳が散らかっている。

妊娠した。言葉にして、その内容に自分で驚いているみたいに夕子ちゃんは目を丸くした。えっと声を漏らすと、どうしようと大きな声をあげた。泣き出しそうな顔だ。

「えっと、とりあえず、下いって話そうか」ほとんど夕子ちゃんを押すようにして、急いで鉄階段を降りる。夕子ちゃんの家は目の前で、居間の窓からはカーテン越しに明かりが漏れている。もしも泣き出して嗚咽の声が響くと大家さんが出てきそうで、やましいことはないのにどきどきする。あわてて南京錠を開けて、狭い裏口に入る。ブレーカーをあげるが、店をしめたのが日暮れ前だったから、台所の明かりがつかない。店内の光が暗幕のすき間からかすかに漏れる。狭い床には物がたくさん置かれていて、足運びにはコツがある。二歩踏み入れて、トイレ脇のスイッチをつけて、やっと夕子ちゃんを中に入れた。

ドアがしまると我慢していたみたいに夕子ちゃんは説明をはじめた。なかなか生理がこないので「ちょうど私は来たところでいらなくなったから」と友達にもらった妊娠検査薬をつかったら陽性だった。

「間違いないの」と問うと、手にしていた鞄からその検査薬を取り出したので「分かった」とろくにみずにいった。

「先生には話したの」夕子ちゃんはうつむいたまま首を横に振る。

「駄目じゃない、早くいわなきゃ」それほど激しく叱責したつもりではなかったのだが、夕子ちゃんは「でも」と口を動かしかけて、そのままぽろぽろと泣き出してしまった。それでまずは店のソファに座らせて、ティッシュを箱ごと手渡した。奥に戻り、コンロのつまみをひねってガスの炎をみながら困ったと思った。水道の水を口に含んで、舌の上にかすかに残るミントの味を洗い流す。

インスタンス……コーヒーはよくないだろうなどと思い、冷蔵庫にまだ三つある賞味期限切れのジョアのことも思い出したが、お客さん用の高いお茶にする。向こうで鼻をかむ音。

マグカップにお茶を注いで持っていくと、夕子ちゃんは泣きやんでいた。また切迫した、少し疲れた表情で、その顔ははじめて朝子さんを思わせた。双子のように似ていてはじめは同一人物かと思っていたのだが、一度知ってからはすぐに見分けがつくようになり、それから似ていると感じたことがほとんどなかった。朝子さんは卒業制作に没頭していた冬中、加害者のような被害者のような、こんな顔をみせていた。

カップを手渡すと中をのぞき込み、いつものコーヒーや紅茶じゃなかったからか顔をあげて僕をみた。

「なんか、そっちがいいかと思って」妊婦の身体に、という意味だが夕子ちゃんはカップの中の緑色を不思議そうにみて、ごくりと飲んだ。僕はパソコンの前の椅子に腰掛けて、金色のざらざらする蓋を開き、電源をいれた。

わーん、と起動音が響く。それからハードディスクのかりかりという音。足元でADSLモデムのランプがぺかぺかと輝いている。

涙が出るということは、先生にいいにくい状況なのだろうか。独身かどうかも聞いてないし、二人の仲は険悪なのかもしれない。二人の仲が円満でも、生徒を妊娠させたというだけで職業的には問題視されるだろう。

ああ、やっちゃったなあ、先生。他人事の感想が浮かんで、お茶を飲んだ。相対して話すのがためらわれる。詰問するような重苦しい雰囲気になってはまずいと思い、椅子に腰掛けてパソコンに向かい、夕子ちゃんの方はなにげなくみるようにする。

「先生に、すぐに打ち明けた方がいいよ」

「分かってる」でもなんか怖くて。怖い？

「怒られるような気がして」顔をあげていった。そんな馬鹿な。

「いわない方が怒られるよ！」早いほうがいいよ。僕はまた少し怒った口調になりながら、なんだかただの正論をいってると思う。ごくりと飲んでから、このお茶はとてもうまいと気付く。

「うん」でも……。夕子ちゃんはそこでまた少し泣いた。やっちゃった、という軽薄な感慨が浮かんで以降、声を荒らげはしたものの、どうしたらいいか考えが出てこない。お茶がうまいなんて感じている自分は冷たいのかと思う。目前で泣いている様に気持ちはおろおろするのだが。

分かったよ。肩に手をおいて安心させる先生の様子を思い浮かべる。

すまない。おろしてくれないか。懇願する先生の様子を思い浮かべる。先生のどっちの様子もありありと思い浮かぶ。もっとひどい言葉だって、出ないとは限らない。だとすると、夕子ちゃんが怖いと思うのは当然か。

スクーターらしいバイクの停まる音がして、瑞枝さんかと思う。フラココ屋の近所に住んでいて、スクーターを持っているのだ。

「瑞枝さんかな」夕子ちゃんも小声でいった。いや、瑞枝さんは少し前に事故を起こしてから、夜はスクーターに乗らない。

僕よりも、瑞枝さんに相談したらいい。そう思う。いや、瑞枝さんには相談しない方がいいかしら。

フラココ屋前の信号が変わったらしく、スクーターは発進して、エンジン音をのばすように響かせて去っていった。

少し前、事故を起こした瑞枝さんを見舞った夜。布団に仰向けになったまま瑞枝さんは、私、子供が欲しいんだといったのだった。

だが、もちろんそのことと夕子ちゃんのことは分けて考えるだろう。

「瑞枝さんに……」相談してみようかといいかけたら
「金色」と夕子ちゃんはマグカップに目を落としたままつぶやいた。

「金色？」聞き返しながら、パソコンのメールソフトを起動する。

「金色」夕子ちゃんはぽつりと繰り返した。それで昼間の「どうやったら塗れるのかな」を思い出した。

どうやったら塗れるのか、だって？　ハードディスクがかりかりといっている。いつも夕子ちゃんが他人の家の塀をまたいで近道をするみたいに、さっと塗ればいいんだよ。突然、昼間の答えが分かってしまった。

もしかして、夕子ちゃんはこの世のいろんなことがもどかしいなあと思っているのかもしれないけど、本当は最初から出来ているんだよ。君は、この僕が畏れ敬う数少ない人なんだから、どんなときも泣いたりしないでよ。

妊娠のことがどこかにいってしまって、そんな言葉をいおうと思った。

「お茶の中に、なんか金色のものが浮かんでいる」夕子ちゃんはのぞきこんでいたカップを傾けて僕にみせた。

「それは、金粉だよ」高いお茶だから。いいながら拍子抜けする。夕子ちゃんは高いお茶に金が入っているということの意味がよく分からない風だった。

画面に目をやればメールが数件。知らないアドレスからきている。


五月場所のチケットとれました。皆でいきましょう。


フランソワーズのアドレスはtricolore にプロバイダ名だった。

「フランソワーズが五月場所に誘ってくれたよ、お相撲の」

「今日、燕をみたよ」

「店長がフランスにいくかもしれないんだよ」画面をみたまま、いろいろいってみる。

「フランス」夕子ちゃんはフランスに反応した。

「南仏のプロヴァンス地方だよ、プロヴァンス」カタカナだよ。ドイツのヴェンダースに負けてないよ。そうだね。夕子ちゃんはやっと少し笑った。

「いうとき」いうとき?

「おじいちゃんに妊娠したっていうとき、一緒にいてくれる」といわれ、いいけどといいかけて、またなにかおかしなことをいっていると思った。先生がいるだろう、先生が。

「先生と一緒にいうべきだよ」そんなごむたいな、という顔を夕子ちゃんはする。

いいよ、分かったととりあえず返事をして、家に帰らせる。夕子ちゃんはいつものように鉄階段をのぼって、手すりをまたぎ、自宅の広いベランダに跳び移った。

(そういう風にね、ひょいってすればいいんだよ)夕子ちゃんが自分の部屋に入るのを確認すると、階段を降りて店の表口に回った。赤信号のままの横断歩道を渡り、バイクショップとヤクルトの間の小道に入る。瑞枝さんの家の扉をノックしたが不在だった。スクーターは置きっぱなしだが、ここ二、三日店にも姿をみせない。

相談相手がいないとなると気持ちも落ち着かなくなり、遠くのコンビニまで歩いた。カップ酒を買って、家に着く前にもう口をつけてしまう。思い立って、夕子ちゃんが教えてくれた本屋に足を向ける。しかしシャッターが降りていて、張り紙も特にない。気まぐれな経営なのかもしれない。元の道に戻ると最近よくみる犬が遠くを歩いていた。

夕子ちゃんの深刻な様子を思い返し、当人は深刻だろうが、なんだかいいなあという気になる。なにがいいんだろう。歩くうちに犬が近くなった。頭を撫でようかと思ったらさっと路地に消えた。

フラココ屋の裏口から店内に入り、パソコンの電源を切って、ブレーカーも落として表に出る。錠をかけて鍵を隠し、カップ酒の瓶を片手に鉄階段をのぼって二階のドアをあけると、つけっぱなしの電動歯ブラシが音をたてて畳をのたうっていた。


翌日、フランソワーズがチケットを持って店にやってきた。

「椅子席かあ」一枚受け取ったのをながめながら店長はいった。

「升席なんか、あれは分かってない素人どもの席よ」残りの数枚をひらひらさせながらフランソワーズはいった。

「テレビで砂かぶりに座っている人の間抜けな顔をよく眺めたことある？　あれは相撲を分かっていない顔」大体、投げが決まった瞬間に喜んでいるなんて、相撲が分かっていないの。その前の差し手争いが妙味なんだから。そうでしょう？　聞きながら、フランスって国は大統領からして相撲好きだったなと思う。

でも、座席が馬鹿か通かを決定づけているわけじゃないでしょう。店長は理屈をいった。フランソワーズは両手を腰にあてて「もう」というポーズになって、あ、今の外国人ぽいと思いながらランプシェードの埃をとっていると、裏の暗幕がふわっと動いて、夕子ちゃんがぬっと現れた。

「わ」店長は露骨に驚いた。どうしたの。裏口からの出入りは、昨夜覚えたてだ。

「おじいちゃんが気絶しちゃった」泣きそうな声だ。全員で裏から外に出る。打ち明けたのだろうか。問い詰められてかなにか知らないけど、一人で打ち明けたんだ、きっと。

「家系かな」と店長はつぶやいて、夕子ちゃんの後から大家さんの家に入る。大家さんは居間の座椅子の背もたれから、はみでるようにだらんと倒れている。テレビがついているのでリモコンを拾い上げて電源を切った。店長が抱き起こすと口元に泡をふいている。

店長が胸に頭をあてて心音をきいている間が長く、フランソワーズは「早く車に」と短くいって外に出た。

店長は顔をあげてからも居間と入り口に立つ僕と夕子ちゃんの方をみたまましばら

く無言だったので、もしかして死んだのかと思った。だが「大丈夫、すぐ運ぼう」という。僕はいつも荷物を運ぶときのように店長の反対に回った。だが店長は一人で大家さんを軽々と米俵みたいに抱えてしまった。

四人乗ったフランソワーズの車が昨夜よりも重いエンジン音をあげながら去り、一人残った僕は開きっぱなしの大家さん宅の扉とフラココ屋の裏口もしめた。卒業制作を終えて気絶した朝子さんがこの家にかつぎこまれた夜のことを思い出した。

「家系かな」って、そういうことか。

僕は自分の力で何かを運び終えて、誰もかれも助かって丸く収まったあとみたいに、とりあえずのびをして、フラココ屋と大家さんの家の間の空を眺めた。

僕の顔

フラココ屋の二階に住んでもうすぐ半年になる。少しの居候のつもりだったのが、だらだらしているうちに年をまたいで、気付けばもう初夏ではないか。手伝いとはいえ古道具屋の仕事を五カ月以上もして、店長の仕事ぶりを目の当たりにしてきた。少しは骨董の真贋を見抜く目や、売買の際のノウハウや知識など深まっていそうなものだが、ほとんど身に付いていない。簡単な接客と店舗の掃除しかしていないからで、僕もそれ以上を望んでいないし、店長もまた店員を育てるつもりがない。のれん分けという考えがないらしい。僕以前に「歴代バイト」が三人いたそうだが、いずれも現在は別の仕事をしているという。

店舗での留守番以外では、神社などで行われる古物市に時々ついていくようになった。ワゴン車を駐車場の所定のスペースに停車し、荷台のハッチバックを開け、台車にいくつかの売り物を載せて往復する。この数カ月で身に付いたことといえば、物の運び方くらいだろうか。フラココ屋の隣に停車した同業者が荷下ろしをしていた店長に「今日は、あの暗い顔した青年も一緒なの」と声をかけているのが聞こえてきた。

「こんにちは」背後から近付いておじさんに声をかける。

「なんだ、きてるんじゃない、暗い顔の青年」おじさんは驚いて、笑顔になった。

「暗い顔だけど、もう青年じゃないですよ」中年ですよ、中年。

「そんなに暗い顔してたっけ」段ボール箱を抱えた店長が、不思議そうに僕の顔を覗き込んできた。

「昔からいわれますよ、下宿で火炎瓶とか作ってそうな顔だって」

フラココ屋は神社の水のみ場の手前に出店している。ぐるぐる巻かれた青いビニールシートを転がす。転がしきったら今度は横に開いて広げる。広がったシートに店長は売り物の入った段ボールを重しのように載せていく。

かつては西洋アンティーク中心だったはずが、最近はもう何でもありだということが、品物を並べてみると分かる。こけしなんかあるよ、と思いながら、外れた首を探して差し込んでやる。段ボールはもう何年も使われているものだ。いわば、年季が入って「いい風合い」になっている。特にカルピスの段ボールは、肌の真っ黒い男の子がストローですすっているイラストが今ではもう使われないものらしい。「いつか高値がつくから大事にね」などと中身のお椀や小物はどうでもいいみたいにいわれている。

新聞紙（これも何度も使い回して色あせた物で、いくつかは見出しも見慣れている）にくるまれた食器を取り出して、同じく売り物の文机《ふづくえ》やテーブルの上に並べていく。店長は尻ポケットから値札シールを出して、サインペンで値段を書いてその場で貼ったりしている。

折り畳みテーブルは大きくて薄いアタッシュケースのようだ。留め金を外して開くと中にあまり太くない脚がしまわれていて、正方形のテーブルになる。人形とか櫛とか小物を並べて、売り物の椅子に腰をおろす。

寒い時期はこのテーブルに古毛布を重ねるようにかけ、テーブルの中で火鉢をたいて、簡易炬燵のようなことをした。なるほど、寒中の出店に工夫をこらすのだな。そう思っていたのだが、そんなことをしてくつろいでいるのは出店している中でもフラココ屋だけらしい。

出店料を徴収にきたおじさんにも「おぉ、暗い顔の青年」といわれ、つい頬をさすってしまう。

「フラココ屋さんとこは、長いこと女の子ばかり雇ってるからエッチだなあエッチだなあと思っていたけど、男の子も雇うんだね」いわれて店長はまあねと笑った。

「よう」久しぶりだなあ。不意に声をかけられ、僕からも驚きの声がもれた。

「おぉ」と返事をしたものの名前が思い出せない。木島だったか、木山だったか。

「大学時代の同級生ですよ」店長に紹介しようと横を向いたが、店長は売り物のラジオを片手で抱え、耳をスピーカーに近づけていて、こちらの様子はあまりみていないみたいだ。

「なにしてんの」え、売ってるんだよ。男は珍しそうにへぇといった。自分はこの男のことを好きではなかった気がするが、本当にそうだろうか。

そうだ、原田だ。たしかにそうだ。そう思い、改めて顔を眺めて確信しかけたときに、男が
「ほら、原田っていたろ。あいつが今でもおまえの話するんだよ」といった。僕はそう、と返事も小声になってしまった。

いや、びっくりしたよ。まじで。元気そうだな。声はかけたものの、男は特に話題

も浮かばないようだった。僕も思い出そうとしているのだが、名前が出てこない。

あ、じゃあな。男はそういって去っていった。

あ、ってなんだろうと思いながら軽く手をあげる。大学の知り合いで、ともう一度いいかけるが、店長は感度のいいところを探して、ラジオを耳にあてたまま水のみ場の向こうまで歩いていた。なぜだろうか、今の名前の思い出せない男を店長にみられないで良かったと思った。

戻ってきたので、聞こえましたかと尋ねると、うんといってラジオはつまらなそうにテーブルに置き、携帯電話を取り出した。

画面をみながら店長もあ、といった。ハウマッチ、とケース入りのロイド眼鏡を差し出してきた外国人客に、店長は画面をみたまま指を五本立ててみせる。

「なんですか」しわくちゃの五千円札を受け取って、小さな紙袋に品物をいれようとしたら、ノーノーと遮られる。そのまま手に持って去っていく。

「フランソワーズ、いけなくなるかもしれないって」携帯電話のメールの文面をみながら店長はいった。

「あらら」今週は相撲見物がある。フランソワーズがはりきってチケットをとったものだったのに。

「なんとか来られるといいですね」

「なつ」露店での店長はいつも以上にくつろいでいる。春先にきたときは、売り物のデッキチェアの背を倒して寝そべり、日焼けしにきた人みたいだった。

ＪＲの総武線で秋葉原駅よりも千葉側で降りるのは、よく考えてみると初めてだ。両国駅からは国技館の屋根が大きくみえる。気軽に改札を出たら国技館とは逆方向だった。少し歩けばいいだろうと思ったが、なかなか線路をまたぐことができない。何分もかけ、やっと高架下をくぐると国技館の手前に別の建物があってみえなくなっている。

「江戸東京博物館？」看板をみて、訝しげな声がもれる。その博物館の正門ですら、まだずいぶん先だ。

歩道とも駐車場ともつかぬ大きくまっすぐな建物脇のコンクリートをひたすら歩き、国技館の屋根がみえるころにはＴシャツが汗ばんできた。

幅広の階段を下りてなお、国技館そのものを「まいていかないと」いけない。はじめに改札さえ間違えなければ目前だった入口が、はるかかなたの道行きとなってしまった。

のぼりの並ぶ正面入口には店長が立っていた。当日券を求めるチケット売場の中に見覚えのある元力士の姿をみつけた。

「あの、さっきあそこにいた人」前売りのチケットをちぎってもらい中に入りながら、店長にいってみる。

「少し前までいた元関取ですよね」そうか。なんだっけ。なんでしたっけ。必要か不要かも分からぬまま、受付脇で無料のラジオを借りる。国技館の中は清潔で新しかった。

「アキノシマ、じゃないし」コトニシキ。いや違うな。マイノウミ。そんな小さくなかったよ。キタノウミ。キタノウミが受付にいるわけないでしょう。とにかく割と有名な人ですよ。言い合いながら二人とも思い出せない。チケットに「二階席・正面口」とあるので国技館の廊下を三度《みたび》、ぐるりとまくように歩く。

「ビール呑みたいですね」Tシャツの汗は乾いてきていたが僕はいった。

「だね」店長はそう、をつけずにいった。階段をあがり、同じように場内を取り囲む廊下をまいて、正面口にたどり着く。

「結局フランソワーズさんは」

「それが、やっぱり来られないって」あらら。万難を排して来ると思っていたから、気の抜けたような声が出る。

「あらら、だよなあ」店長は同調しながら売店で立ち止まった。それは残念という言葉がまず浮かぶが、なんだか適さない気がする。ちゃんとこいよ、という抗議に近い気持ちも混じる。

そもそもフランソワーズが手に入れたチケットなのだ。僕も店長も、お相撲みたくてみたくて仕方ない、というほどのテンションではなかった。

「私と、ミキオと、あなたとあと一人、誰を誘おうか」と、いつの間にか我々は四人のうちに数えられていて、店長などは仕入れを一日つぶすことにしてしまったし（毅然と断ってもよかったのだが）、僕にしても結構な出費となった。

「じゃあ、空いた一枚は反故に？」いや。店長は缶ビール二本とつまみを買った。真空パック包装された味付きのホタテ。僕はホタテが苦手なので、辛そうなスナック菓子を買う。

二階席の両開きの入口を開けるともう土俵を見下ろすことができて、若い力士が組み合っている。見上げれば歴代優勝力士の額が場内を取り囲んでいる。座席はまだどこもがらがらで、東イス席、十列、五十五番、東イス席……と繰り返しつぶやきながら歩いていくと、瑞枝さんが手を振っているのがみえた。カメラを手に、我々に向かってシャッターを切った。

「フランソワーズの代打なの」代打？　来られなくなったフランソワーズはすぐに瑞枝さんに連絡をとり、バイク便を駆使してチケットを送ったのだという。瑞枝さんの横の席には八木さんがいて、オペラグラスで土俵をみている。眉間にしわが寄って、こちらに挨拶するのも面倒そうだが一応こんにちはと声をかける。

四人目は誰にしようか話しているときにフラココ屋の大家である八木さんが表口から現れた。バツの悪そうな顔。

「動いて大丈夫ですか」大家さんはその数時間前に自宅で気絶して、チケットを前にわいわいやっていた我々三人に介抱されたばかりだ。まだ、休んでいた方がいいですよ、大事にしないと。口々にいうのを大家さんは怒り気味に制した。

「あれは、ちょっとふらついただけだっていってるだろ」それよりも、あんたたち本場所みにいくのかいと尋ねてきた。表まで話し合いの声が聞こえていたのか。

「大家さん、一緒にいきますか？」店長がいうと渋い顔になった。

「いかないよう、あんな、今の、つまんない土俵をさ」大家さんの口調は初めて発話するような事柄でも以前から節がついているみたいだ。

「なんだろ、あの、引退した若貴兄弟。あれがね。あれが出てから、本当につまらなくなった」八木さんは不満をいった。フランソワーズはそれを聞いてる途中からみるみる目が丸くなって、そう！　本当にそう！　とわざわざ踏み台を降りて店の入口まで（久しぶりに）握手を求めにいった。

それから二人は意気投合して、貴乃花の悪口を言い合った。あれは心技体のうち体型だけが異様に恵まれていただけでなにがフシャクシンミョーだよ、ないボキャブラリー隠すなとか、武蔵丸に手加減してもらっただけでアナウンサーから総理大臣まで感極まりすぎだの、果ては変な整体師がとか、かみさんもかみさんだとか、りえちゃんが可哀相だとかワイドショーのような話題にまで脱線したのだが

「そもそも、横綱千代の富士が引退したときから間違っていたの。引退に追い込んだのは貴乃花だ、という誤った認識をマスコミをはじめとして国民が作り上げてしまったこと。その時点で貴乃花自身も、日本の相撲も駄目になったの」とフランソワーズがなんだか明晰そうなことをいって、大家さんはまたここで膝を打った。

「千代の富士を引退させたのはあいつじゃなくて、貴闘力だからね」初めから実はその結論を二人して目指していたかのようで、ここでまた握手かと思ったがそうはせず、ただ二人ともにすっかり胸のすくような表情になっている。本当にそうだったか

店長の方をみたが、店長もさあ、という表情をしてみせた。

「せっかくだからいこうかね、だって余ってるんだろう」

「余ってます余ってます」

大家さんはなんの用事で店にきたのかも忘れたのか、フランソワーズからチケットを一枚買って、「来週だね、来週のいつだい」と日付を確認すると表口から出ていってしまった。八木さん、店長、僕、フランソワーズの四名ということになるはずだったのだ。

「八木さん、午前十時からきてたんだって」瑞枝さんが無言の大家さんにかわっていう。

「店子三人と相撲観戦なんてね、初めてだよ」大家さんは腰の曲がった年寄りみたいな口調で、こちらが差し出したおつまみを手で断って、オペラグラスを覗きこんだ。

貴婦人が競馬を観戦するような、柄のついたものだった。

国技館がまだ蔵前で、屋根が柱で支えられていた頃から観にいっていたと大家さんはいう。土俵には髷を結っていない、ただのガタイのいい若者があがっては降り、あがっては降りしている。行司の装束もなんだか立派でない。

「腹減りましたね」店長にいうと、大家さんはトイレは突き当たって右、とでもいうように「降りたら食堂で、ちゃんこ売ってるよ」とオペラグラスを覗いたまま教えてくれた。

「私も食べる」瑞枝さんも立ち上がり、三人で廊下に出る。

「夕子ちゃんさ、どうしてるだろうね」瑞枝さんはその話をしたくて席をたったみたいに歩きながら口を開いた。孫の夕子ちゃんの妊娠を本人から告げられて、大家さんは気絶したのだ。店長とフランソワーズは、大家さんを病院に運ぶ車の中で夕子ちゃんの口からきいたようだ。居合わせなかった瑞枝さんも、夜には知っていた。

「こないだ、彼氏の先生がきて、大家さんに挨拶したらしいよ」店長はいつの間にかそんな情報を仕入れていた。

「本当」瑞枝さんは低い声で真剣な顔だが、ゴシップに反応しているみたいでもある。

「ちゃんこ200円。降りて左折」張り紙がしてあるのを確認する。二百円って安いね。相撲も不人気だからいろいろサービスしてるんじゃないの。言い合いながら階段を下りる。

「それで大家さんはなんて」瑞枝さんは話を戻した。

「わかんないけど、とにかく、彼氏が来て、帰ったのをみただけ」だってほら、俺も室内に居合わせたわけじゃないから。もっと知りたそうな表情の瑞枝さんに、店長は弁明するようにいった。

夕子ちゃん自身はどうしているのだろう。学校には通っているのだろうか。最近は毎日のように店に顔をみせてだらだらしていたのが、いなくなってしまった。皆にいってないことだが、大家さんよりも前に、どころか、妊娠させた相手よりも先に僕が打ち明けられたのだ。

「気のおけない、頼れるお兄さん」と思われたわけではないだろうが、夕子ちゃんにとってのなにかに選ばれたという自負はある。姿を現さなくなったことには心配というばかりでない、苛立たしい気分も含まれていた。深刻な気持ちを抱えながら、彼女にとって身近な者が連れ立ってのんきに相撲見物になんかきている。

食堂はすぐにみつかった。広い部屋に会議机が並んでいる。端に大きな深鍋が置かれていて、使い捨ての軽い容器によそってもらう。

「なんだか、あれだ、社会鍋みたい」瑞枝さんが呟いた。

「社会鍋じゃなくて、炊き出しだろう」店長はいいながら、会議机の中央に備え付けの七味唐辛子を手に取り、ぱっぱと振りかけた。

「ビール、今呑みたいですね」僕もいいながら席について、瑞枝さんから割り箸を受け取った。瑞枝さんと会うの久しぶりだな、とここでやっと思う。少し前まで、夜中に瑞枝さんの家の小さな居間で箸や醤油瓶やコップを受け取っていたからだ。ずいぶん前から引っ越しを考えているといっていたが、ついに新しい家が決まって、もう荷運びを始めているのだという。

「あ、そうなんですか」

「でもフラココ屋から近いんだよ」今度は駅の反対側に借りたのだという。

「今更知らない土地になんてなじめないもん」瑞枝さんは十代の頃にフラココ屋の二階に住んでいたこともあるそうだ。

「ほしいな」店長がちゃんこの汁を二、三口すすってからビールのことを同意した。ちゃんこの味つけは辛く、ビールじゃなくて御飯がほしいという気もしてくる。

「夕子ちゃんは結局、結婚するのかな」さあ、どうなんだろうね。

「おろすのかな」僕も、多分店長も、結婚の反対側にその言葉を思い浮かべていたが、瑞枝さんがそういった。頑固そうな大家さんは、なにもかも認めないという風にみえる。結婚も、一人で子供を産むことも、子供をおろすことも。未来も現在も過去まで認めないように思えて、つかのま息が詰まる。

廊下に出るやまた見覚えのある元力士と行き違う。スタッフジャンパーのようなものを着ているが、今のはもしや、元貴闘力のなんとか親方ではないか。気付いて「貴闘力が」馬鹿みたいに指差してしまう。店長はよくみていなかったくせに頷いて「そういえば俺、昔、競馬場で貴闘力をみたことあるよ」といった。

「へえ」どんなだった。瑞枝さんが尋ねる。いやいや、と思う。過去の貴闘力なんかではなくて、本物の貴闘力が直前までこの目の前にいたのに。

「え。他の知らない力士と三人くらいでいてさ。なんか、普通の服きてた」それで？といわれて店長は、その質問とは無関係に小銭入れを取り出した。

「それでって、なんかすごい札束で買ってたような気がする。馬券」

「あなたの回想は、まったくわくわくさせられないね」瑞枝さんは昔からそうだったという感じでいって、売店でビールをもう一缶買った。

それよりさっき本物の貴闘力が、といってみようかと思ったが、三人で場内に戻った。一人で歴代の優勝力士の額をぐるりとめぐってみる。二階席から土俵は遠いが、優勝額はむしろ間近にみることが出来る。フランソワーズと大家さんが二人で眺めていた二代目貴乃花の額が多い。貴乃花、貴乃花、また貴乃花。たまに出てくる曙はきまって暗い表情。どうしてもドナドナが浮かぶ。

拍子木が鳴らされ、場内もざわつくくらいには客が入ってきていた。もうすぐ一周して、三人のいる座席に戻ることになる。

戻ってくると店長がいない。

「なんか、アンプについて問い合わせだって」ああ、あの高いやつか。瑞枝さんにも携帯電話に着信が入り、立ち上がって廊下に出ていった。

二人きりになった。そのオペラグラスはフラココ屋で買ったのか尋ねようとしたら、先に大家さんが話をはじめた。

「夕がさ」大家さんは土俵をみたままいった。孫娘の夕子ちゃんのことを、大家さんは夕という。

「え、ああ、はい」

「夕には参ったよ」コミケの季節になると夜更かしが続くとか、そういういつもの愚痴と同じようにいった。

「はい」それは参っただろう。なにしろ気絶してしまったぐらいだから。泡を吹いて倒れた大家さんを店長が抱きかかえ、夕子ちゃんも付き添ってフランソワーズのスポーツカーで運んだが、大排気量のエンジン音の余韻がまだ残っているうちに、病院まで いかずにすぐに戻ってきた。車中で目を覚ますなり、満員のバスの中みたいに「降りるよ、降りるよ」とわめいたのだという。

戻ってきてからも大家さんは大声で、しかも饒舌だった。

「大げさなことしてくれなくていいんだ」「ちょっとふらっとしただけだろ」不機嫌そうだったが、照れ隠しのようにもみえた。

あのとき気絶の原因を大家さんはもちろんいわなかったし、我々も深くは聞かなかった。

「あの子、最近おかしくなかったかい」

「おかしくですか」どこまで知っていることにすればいいのだろう。大家さんは夕子ちゃんの親ではないが、親代わりの自負があるようだ。また大家さんの世代だと、外聞ということをより強く気にするかもしれない。

「なにかあったんですか」白々しいと思ったが、きいてみる。大家さんは、小声でうん、といった。最近、お店にも姿をみせないけど、と付け加えようかとも思ったが、大家さんはオペラグラスに集中したようで、似合いますねそれ、といおうかとも思ったが黙った。しゃべり方もだが、性別不詳なところのある人だ。

「長谷川はいつまでも幕下にいて、みっともないね」はあ。長谷川っていましたっけ。学生横綱だろうか。

「まだ幕下ですか」適当に相槌をしてしまう。

みっともないよ。大家さんは繰り返した。

「沢田っての、あんた覚えてる」沢田、沢田。いや、そんな力士いましたっけ。

「ちがうよ」大家さんはなにかをうながすようにこっちをみつめた。

「朝子の卒業展のときに来ていた男でさ」

「ああ！」大声になってしまい、大家さんは怪訝な顔になった。

「夕子ちゃんと、一緒にきていた人ですか」

「どんな人だった」オペラグラスから顔が離れた。

「いや、ちらっと会っただけですし」なるほど、大家さんは妊娠させた相手についてさらなる情報を得たいのだ。

なぜ沢田さんのことを。ここではそう問うのが自然に思う。

「いや、僕も遅刻していったし、あまり覚えてないです」けど。自信なさそうに、けど、を付け加えておく。それがなにか、というニュアンスをこめたつもりで、それで大家さんは前をむいた。

場内が少しざわつく。甲高い声をあげていた行司がさっと軍配をかえした。小さいなあ。行司も、手刀を切る力士も、背中に土をつけて、土俵を降りる方も。

「物言いはなしかい」オペラグラスを覗いたまま大家さんは不満そうだ。スロー再生のリプレイもなし。アングルも変えられない。さっきから感じていることを、口に出してはいけないと思う。テレビでみる方がよっぽどいいじゃないか。

でも退場する力士の様子はなんだかいいなと思ったりして、ビールをがぶがぶと呑んだ。つくづく、僕などではなくフランソワーズがここにいるべきだったと思う。

瑞枝さんたちが戻ってきて、大家さんは沢田の話はやめにすることにしたみたいだ。それからは酒もどんどん入ってなんだか盛り上がった。力士が何度も塩をまいては手をつくばかりでなかなかハッケヨイにならないのは、みてる側が酒をのんだりおしゃべりしたりするためだ。テレビ観戦では必要のない間だ。

フラココ屋のゴールドのノートパソコンの電源をいれる。椅子をひいたり、立ち上がったりするたびに足元のＡＣアダプターをひっかけてしまうので、ちょっとの用事のときは椅子に座らず、立ったまま起動するようになった。

「いつもだまされるんだよな」店長はいった。カタログをみて小さいな、格好いいなと思って買うと、必ず大きなアダプターがついているのな。

前屈みになってパソコンを操る。いくつか問い合わせがあって、特にアンプについて熱心なメールが二つもある。フラココ屋の公式サイトに掲載してから、ずいぶん問い合わせがある。フランソワーズからもメールがきていた。

相撲はどうでしたか。よければ出向いた皆の感想を教えてくださいね。

いけなかった無念さをにじませない、平坦な文面。furacoco-ya-yorozu-soroimasuで始まるアドレスに送られてくるメールは、もちろんすべて店長に宛てて来ているわけだが、フランソワーズは僕がまずメールを開くことを知っていて、文面も二人に宛てたものになっている。

ちゃんこ塩辛かったです。遠くの力士は小さくて、近くの力士は大きかったです。

返信をいろいろと書きかけて、子供みたいな内容だと思い、消してしまう。フランソワーズからはもう一通きていて、同じように開封したら、それは短い、店長への私信だった。私信用に携帯電話のメールアドレスに送るつもりでいて、間違えたのだろうか。ひやっとして、急いで画面を切り替え、他に大事なメールのきていないことを確認して画面を閉じる。新しい化学ぞうきんの封をあけて、店の入口から掃除を始める。

カップルが入店。いらっしゃいませ。明るくいってみる。先日の「暗い顔した青年」という言葉が実は気になっていて、暗いは暗いなりに、それでもぱっと微笑が浮かんでいるみたいな風にしなければと思う。

買いそうな客にはお茶を出せといわれているが、まだ物色を始めて間もないうちから奥に戻っていそいそとやかんを火にかけた。店の奥は扉の代わりに暗幕が張ってあって、こちらの散らかった様子はみえないようになっている。

暗幕に手を差し入れて動かし、店先をみる。カップルは、ないね、ないない、という風に目配せをしながら出ていってしまった。

「ちっ」口に出しながら、自分のためのコーヒーをいれることにする。本当は掃除を半分終えてから飲もうと思っていて、ペースを狂わされた気持ち。火をとめて、掃除を再開すればいいだけのことなのだ。逆恨みだ。苛々しているつもりはないのだが、さっきから落ち着かない。

幹夫へ。月末までに決めてください。昔の我々は様々に駄目でしたけど、だからこそ今、力になってほしいのです。

フランソワーズの私信は短かった。標題は「例の件」だ。いつも夕子ちゃんがインシタンスコースーと呼んでいる大瓶をふって、カップに粉を落とす。どうするんだろう。例の件を店長は。例の件って、あれだろうか。店長はフランス行きを打診されていた。フランスに来て実家にある調度品の一切合切の鑑定、処分をして欲しいと頼まれて、悩んでいたのだ。実家は広く、見積もりをするだけで長期の滞在になりかねないという。

もちろん、ここで商売して得る利益よりも高額のギャランティを彼女は払うだろう。フラココ屋の経営は苦しそうだが、店長がある種のプライドをもたないとも限らない。

あるいは、二人にはもっと別の「例の件」があるのかもしれない。様々に駄目でしたけど。けど、なんだいフランソワーズ。心中で呼び捨てながらお湯をとめる。

少しお湯を注ぎすぎたコーヒーを手に、暗幕をくぐって店に戻る。ノートパソコンの奥の大学ノートをパソコンの上で開く。久々にきた客のことを記そうとペン立てからボールペンを取り出すが、キャップが外れている。余白でぐるぐると動かしても、インクが出ない。

椅子を乱暴にひいたら脚がACアダプターのコードを引っ張ってしまう。コーヒーがこぼれて手に掛かった。

腹を立てつつ、手の甲をズボンにこすりつけながら床にかがみこむ。表の戸が開く音がする。

「お尻」といいながら誰かが店に入ってきた。机の脚の間から瑞枝さんの姿がみえる。向こうからは、かがんでアダプターを元に戻している僕のお尻だけがみえるのだろう。アダプターのコードは、椅子の脚で踏んでしまう部分が内部で断線している。カッターで切ってつなぎ、絶縁テープでまいてある。その部分だけ、コードの線としてのしなやかさが失われていて、僕もはれものみたいに扱っている。慎重に、元のコンセント穴に差し込んだ。

立ち上がり、さっきの余ったお湯でお茶をいれようと奥に歩きかけると、私いいと遮られる。

「もうすぐ仕事だから」三和土から上がろうとせず、スーパーの白い袋を差し出す。またかがむように受け取ってのぞきこむと、おすそわけのヤクルトと写真屋の紙袋と延長コードが入っている。以前から脚をひっかけてコードを抜いてしまうのを目撃していたとはいえ、タイミングが良すぎる。

「そこ、コンセントの位置変えたほうがいいよ絶対」フラココ屋は板の間と床の段差が大きい。下から指差すとちょうど机の脚あたりになる。

瑞枝さんのコードは三つ口のもので、少し前まで流行した色付きのスケルトンタイプ。店長もかなり前からコンセントの位置は気にかけていた。だが、コードが床をはっているところを、なるべく客にみせたくないらしく、いろいろ試しては元に戻してしまうのだ。

でも引っ越し先で、けっこう使うんじゃないですか、こういうものは。

「うん大丈夫」と瑞枝さんはいった。

「もう、ほとんどがらんとしてるよ」瑞枝さんは自分の部屋のことをいった。いついつまでに引っ越しということをいわなかったから、まだ当分いるのだと思っていた。少しずつ荷運びは進んでいたのだ。ちょっと前まで、夜になると僕は瑞枝さんの家で酒を酌みかわした。イラストの仕事を増やしてからは僕も遠慮していかないようにはしていたが、思い立てばいつでもフラココ屋からほんの少し歩いて、いつでも会えると思っていた。

「寂しくなりますね」

「寂しくなんかならないよ」瑞枝さんはオウム返しみたいな否定をした。

「近所は近所だもの」まあ、そうですけどね。延長コードを引っぱり出してみる。スケルトンはスケルトンだけど、少しくすんで使い続けた気配がある。

「写真は、こないだのやつ」ああ、けっこう撮りましたね。紙袋を逆さにすると、束ごと滑り落ちてきた。一枚目は着席した大家さん。二枚目は土俵で、三枚目にビールとつまみをもって近付いてくる僕と店長だった。

「フランソワーズさんにも送ってあげないといけませんね」ごひいきの、貴闘力の写真を撮るべきだった。後でちゃんとみることにして袋に戻す。

瑞枝さんは入口に移動して、僕がやりかけていた掃除の化学ぞうきんをめくって、黒っぽくついた埃をみている。午後の陽光が瑞枝さんを照らした。

僕は台——ぐらつく——を踏んで、瑞枝さんの側までいった。

「店長、フランスにいくっていってた？」尋ねてくる瑞枝さんから化学ぞうきんを受け取る。

「ねえ、いくんでしょうかね」分からないので、逆に問い返す。

フランソワーズは店長の前カノだ、とは瑞枝さんから教わったことだ。かなり昔の「前」だとは思うが。お互いに別人と結婚して、店長には子供もいる。フラココ屋のノートパソコンの壁紙は、店長と子供を抱いた奥さんがどこかのガソリンスタンドの、タイヤを積み上げて作った人形の前で撮った写真だ。

「別に、フランスでやましいことするわけじゃないからねえ」瑞枝さんが先にいい、そうですよねと答えながらランプシェードに化学ぞうきんをすべらせる。

「本当にそうなのかなあ」と瑞枝さんは早口でいって少し笑った。

「やましいことするわけじゃないって、今」自分でいったじゃないですか、といいかけた途中で戸が開いた。

「あ、」声が出たが、立っている女性が誰だかすぐに出てこない。

「久しぶり！」僕よりはやく瑞枝さんがいうなり抱きついていた。

「いつ帰ってきたの」

「ついさっき!」いいながら笑顔になる。

朝子さんだ。

久しぶりにラジオをつけて、チューニングがあって音声が流れてもまだそれが目的のチャンネルかどうか分からずに耳をすますことがある。心の奥から朝子さんがゆっくり出てきて、目前の像と輪郭が重なるまでそんな気持ちになった。

二人は抱擁を続けた。いくら外国帰りだからって、本当に飛行場でハグする家族のようで、インスタントコーヒーのコマーシャルみたいになっている。

そういえば、二人ともスカートばきだ。

瑞枝さんの肩越しに朝子さんは僕をみて「元気ですか」とほほえんだ。朝子さんが久しぶりに帰ってきたことではなくて、朝子さんが誰かに、僕にだが、ほほえんでいることに驚く。

「なんか、感じ変わったね」いいながら、自分もコマーシャルみたいだと思った。化粧品かエステのコマーシャルの、同窓会で変貌をとげた昔の女友達にみとれるぼんくらみたいな。

「そうかな」僕は今度こそコーヒーだと思い、またそうきんを棚に置いて、段をあがる。

「ちょっと前までのこぎりとトンカチだったのに」調子を取り戻して僕はいってやった。

「ほんと、ちょっと前までライパチ君のお母さんみたいだったのに」瑞枝さんもいった。暗幕をぐるまえに振り向いて二人を改めてみる。

「知らないですけど、それ」朝子さんは眉をひそめて笑う。

「ライトで八番、ライパチ君だよねえ」瑞枝さんは僕の方をみて笑う。ええ。知らないのに相槌をうって、二人ともスカート「ばき」だ、とまた衝撃的な気持ちを反芻していた。

暗幕って誰が思いついたんだ。ひらりとめくり、奥にさがる。暗幕の裏にひっこむって、なんて楽なんだろう。戸を閉めるのとは意味が違う。向こうのやりとりも聞こえるし。ライパチ君のお母さんはやつれていて、おくれ毛がいつも頬とかこめかみに少しはりついているの。えー私、はりついてましたっけ。

そうそう、はりついていた。ガスコンロの火をみつめながら頷く。朝子さんは冬の間ずっと、フラココ屋の裏に陣取って、幸薄そうにおくれ毛をはりつかせながら卒業制作に没頭していた。薄手のジャンパーみたいなのとジーンズで、風邪をこじらせた。朝子さんのスカート姿もだが、瑞枝さんのスカートもはじめてみる。

女の人の、長いスカートをみると寂しい気持ちになるのは自分だけだろうか。なぜかいつも別れを思う。でも、なんでスカートを、なんて聞けない。だってもう初夏だよ、とかいわれるだけだ。あるいは、これはスカートじゃないです、とかなんとか、ジーンズをジーパンといったら笑われるみたいに、最近の呼び方を教えてくれるかもしれない。

「まだいるんじゃなかったの」

「うん、本当はもう少し向こうで暮らすつもりだったんだけど、夕ちゃんのこともあって」

「ああ」瑞枝さんの、感嘆の響き。ああ、と僕もこっち側で思う。夕子ちゃんのために戻ってきたんだ。

「おじいちゃんを説得したら、帰る」感動を畳みかけるように意志の強い口調でいわれ、直に接している瑞枝さんなんか、その眩《まぼゆ》さによろけそうになっているのではないかと暗幕を少しめくってみる。

「説得！」さすがに二人はもう抱擁をやめていて、瑞枝さんはよりどころみたいにまた化学ぞうきんに戻って、むやみに棚をふいている。もう少し向こうで暮らすつもり、という言葉がそもそも格好良すぎて、だが二十歳を過ぎたばかりの朝子さんに、もうそれは似合っている。

夕子ちゃんが今どこでどうしているか、そういう話になるかと思ったが、話題はドイツの暮らしになった。僕は彼女に助けを求められたつもりも、また助けることが出来るなどという思い上がりもなかったが、夕子ちゃんの現状は知りたかった。大家さんに監視されて家にこもっているのか、駆け落ち同然に相手の男性のところにいるのか。相手の男性は彼女とどうするつもりなのかも。フラココ屋にもこないし、ずいぶん会ってないのだ。

あ、私いかなきゃ。瑞枝さんが遅刻に気付き、あわてて出ていく音がした。一瞬のちに暗幕がはらっと動いて、朝子さんがぬっと入ってきた。

「これ」おみやげです。紙袋をまっすぐに差し出される。「オーストリアで買った生チョコ」ドイツは甘い物、おいしいのなくて。そうか。

「冷蔵じゃないけど、早めに」あ、うん。ありがとう。お湯が沸きはじめた。暗幕はいい。いいけどノックがないから、驚くこともある。

「どうしたんですか」朝子さんは僕の顔をみて笑った。そっちこそ。といいたくなる。そんな風ににこにこ笑うのをはじめてみる。

「うん。今コーヒーいれるよ」

「あ、いいです。私もいくとこあるし」スカートだけでなく、どこかで朝子さんは笑い顔を身につけてきた。

朝子さんはぐらつく踏み台をためらわずに駆けるように降りた。スカートがひらっと揺れる。ピンチのときに異国から馳せ参じたからではなく、その動作で夕子ちゃんの姉なんだと思う。

とにかくやにさがるような眩しいような年をとったような気持ちがいっぺんに訪れて、ぞうきんがけが馬鹿らしくなる。

紙袋ごと、冷蔵庫に移す。店に戻り、ノートパソコンを開く。フランソワーズのメールが画面に出たままだ。二通目はみなかったことにして、文面を考える。たかとうりきと一度に打って変換したら変な字になった。

貴闘力の本物をみました！

ちゃんこは塩辛かったです。

遠くの力士は小さくて、近くの力士は大きかったです。さっき瑞枝さんが写真もってきました。店長がスキャンして、送ると思います。

貴重なチケットを譲ってくださって、ありがとうございました。今度は一緒にいきましょう。

僕はさっき消したのとほぼ同じことを書いて、送信した。夜になって店長がやってきて、ちゃんと掃除したの、とぺらぺらのぞうきんをつまんでいった。シャッターを降ろし店長と別れ、そのまま定食屋までいった。スポーツ新聞を読み込んで、お茶をおかわりして店を出る。フラココ屋の隣の大家さんの家の門をくぐる。庭をぬければフラココ屋の裏に出る。大家さんの家の居間の、カーテンから明かりが漏れているが、いつもの、かすかなテレビの音は聞こえてこない。もしかしたら説得中なのか。

フラココ屋の鉄階段をのぼる。今度は大家宅の二階がみえる。大家さんの家はベランダが広いので、一階から見上げても二階の窓はみえない。

フラココ屋の階段と大家宅のベランダの手すりは近い。夕子ちゃんは何度もここを飛び越えて家に入っていた。

二階の窓も一室だけ灯っている。夕子ちゃんかどうかは分からない。

翌日、フラココ屋の店の方はお休みで、僕は夕方近くまで眠った。起きてまず遠くの銭湯に向かう。

夕方の銭湯はすいている。大相撲中継を見上げながら服を脱ぐ。モラトリアムの不安と気楽さとが、がらんとした銭湯で服を脱ぐ瞬間に最も強くこみあげる。

まだあまり濡れていないタイル地の床を歩いて、真ん中辺りで腰を下ろし、カランを押したらお湯が出ない。他の客と顔を見合わせていると、番台にいた親父がやってきて

「水だったろ、ごめんごめん、すぐだから」なにか手違いがあったらしい。親父が飛び出ていって、やがて蛇口からは熱いお湯が出たのだが、湯舟につかって出てくると、番台に戻った親父はいつになく饒舌で、カウンターのテレビを指差しては「琴ノ若も体はいいんだからさ、もっと覇気がないとなあ」と同意を求めてきたりした。先日の、気絶した後の大家さんをちょっと思い出す。

少し暑くて、カップ酒ではなくビールを二、三本買って帰る。すっかり日が長くなったと思いながら、道すがらに一缶あけてしまう。バス停留所を過ぎたあたりで、フラココ屋の真ん前に、とてつもない大きさの、黒塗りの高級車が停まっているのがみえた。リムジンか、キャデラックか。

駆け足で戻ると、向かいのバイクショップの若者が、手袋をした運転手風と立ち話

をしている。若者が僕をひかえめに指差した。僕はなぜかそうした方がいいと思って、空のビール缶を袋にいれて、踏んでいた靴の踵を急いで戻した。後部座席、というのか中部座席というのか、とにかくこちら側の電動ウィンドーが開いた。

「今日の午前にメールをいれておいた者なんだけど」中の男がいう。運転手が信号を渡って側までやってくる。

「真空管のアンプを、どうしてもみたくて」

「あの、今日は定休日で」

「いや、そうだったか。うん」見落としていたな。独り言のように呟く。

「みますか。店、今あけますから」

「すまないね」運転手が僕と車の間に割って入り、さっと座席のドアを開ける。赤い絨毯をころころ転がしはしないだろうな。ぴかぴかの靴で男は降り立つ。

シャッターを片方だけ開け、先に入る。照明をばちばちとつけて、声をかける。

「あ、踏み台、ぐらつきますから」アンプごと下まで持っていこうかと思ったが、男はうん、といいながら真面目な顔で段をあがってきた。運転手はついてこないみたいだ。

「ききますか」もうつないであるCDプレーヤーにグレン・グールドを入れて再生する。

うん、うん。男は緩慢に相槌をうつ。暗幕の奥にいって、ここはインシタンスコーヒーじゃないだろう。金粉入りのお茶だろうと思いながらお湯を沸かす。最近使わなかった、高い茶碗も取り出した。

長考して買わない客はいくらでもいる。期待しないほうがいい。店員はいつでも質問に答えられる位置にいながら、ひたすら気配を消した方がいい。この何カ月かの勤めでわずかにノウハウを得たとしたら、運び方以外ではそんなことくらいだ。

男は自分でCDの停止ボタンを押した。

「うん。これをください」

「ありがとうございます」店で物が売れたのは久々だ。どうぞ、お茶をテーブルに置き、長椅子に腰掛けてもらう。

「この、長椅子もずいぶんいいね」それ、気に入ってる人、多いんですよ。男は不思議そうな顔をしながらお茶に口をつける。

「うちは買わない常連さんがたくさんいて、ただこれに寝そべっていくんですよ」ははは、と男は笑ってみせた。

「それじゃあ、買っては申し訳ないな」裏からとってきた緩衝材を切って、アンプをくるむ。

「この、金つぎの茶碗も大したものだな」男が茶碗を手にとって眺めている。いけない！　という気持ちになって作業を中断して近寄る。

「それはあの、金つぎじゃないんです。金の塗料でそれらしくみせているだけで」なにを泡食っているのか。毒入りのスープを呑む寸前で止めたような勢いに、男はきょとんとしている。

「そうか、たしかに安いものな」男はそれでも茶碗を手にとって感心している。

アンプの持ち手をつくるために紐をまこうとしたら、いいと遮られる。気付けば運転手が背後にいた。手渡すと、うやうやしく礼をしてそのまま持っていった。気持ち悪いくらい綺麗な札入れから抜き出された、ぴんとしたお金を二十枚受け取って、二回声を出して数えた。

見送ろうと表まで出ると、遠くからスクーターをおして歩いてくる人影がみえる。瑞枝さんだ。後ろに誰か引き連れているようだ。

「では、ありがとう」

「ありがとうございます」僕はフラココ屋の名刺を手渡してお辞儀をした。名刺の文字に目をやって、ふふっと笑みをもらして男はのりこんだ。

車が去ると同時に、体当たりするような勢いで夕子ちゃんがやってきた。その向こうにまだスクーターをおす瑞枝さんがみえて、目が合うとしんどそうに笑って手を振った。視線を間近の夕子ちゃんに戻す。

「久しぶり」思わず、弾んだ声をかけた。走ったりして体は大丈夫なのかとつづけたが、夕子ちゃんは答えずに、息を整えながら「びっくりした」といって僕を眺めた。僕も夕子ちゃんを改めて眺める。遅れてきた瑞枝さんは道を斜めに渡って、バイクショップに入っていく。

「あの車で、いっちゃうのかと思った」だからびっくりしたと夕子ちゃんは繰り返す。

「いっちゃうって、なに、僕が？」うん。瑞枝さんはスクーターをあずけるとすぐに道を渡ってやってきた。三人で店内に戻る。なぜ僕があの高級車でいってしまうのか。

「僕がどこにいくのさ」

「あのね、フラココ屋さんの二階でずうっと、だらだらだら暮らしている人が、本当は大富豪の息子でね」

「僕が？」僕は瑞枝さんの方をみた。瑞枝さんは苦笑した。

「二人でいつかね。君がいったい何者なのか、いろいろ推理しあったことがあるんだよ」はあ。段をあがって、つけすぎた照明をいくつか消す。夕子ちゃんは追い越すようにやってきて、暗幕の手前で立ち止まり、僕の顔を見据えた。

「……それで、ある晴れた日に、フラココ屋の前に黒塗りの大きな車が停まってね。立派な執事が静かに出てきてね。うやうやしくいうの。

『ぼっちゃま、道楽もいいかげんになさってくださいまし』って」

「それで」

「うんって、うんって頷いて」

「それで、それは僕がいうの？」

「そう、そして長い車の後部座席に乗り込んで、そのまいっちゃうんじゃないかって」

「漫画の読み過ぎだよ」

「でもそうしたら、本当に想像したとおりの車が想像したとおりの場所に停まっていたから」びっくりした。夕子ちゃんは胸をなでおろすみたいにしている。

「あんなお金持ちなわけがないよ」僕はいいながら、夕子ちゃんをみつめた。

僕も勝手に身近な人のあれこれを思う。特にここにきてから、さまざまに思うことばかりをしてきた。今こうしているように、ガスコンロの火をみながら、あるいは信号を渡りながら、二階の鉄階段で立ち止まりながら。自分のこともそれと同じくらい皆に思われていてもおかしくないのに、とても意外に感じてしまう。裏口にワゴンの停まる音がする。店長が仕入れから帰ってきたのだ。アンプが売れたと知ったら喜ぶだろう。夕子ちゃんも来ているし。皆で御飯でも食べようということになるかもしれない。

台所にたち、人数分の茶碗を出してまたお湯を沸かす。店長は裏口から入ってきた。未整理の荷物が膨れ上がっているが、店長は上手によけたりまたいだり踏んでもいいものだけを踏みながら台所まできた。

「売れましたよ、あのアンプ」

「うそっ」

「あわや茶碗まで売れそうになりました」あわや？　いいんだよ売れても。いや、まずいですよ。絶対まずいです。

人数分のお茶と、昨日朝子さんが持ってきてくれた菓子をお盆に載せて運ぶ。売れそうになった長椅子に二人が並んで腰掛けていて、夕子ちゃんはハンカチをふるみたいに紙をひらひらさせている。

大きな紙、と思ったらそれは婚姻届だった。八木夕子と、沢田さんの記入はすませてある。

「おぉ、結婚！」店長が大声をあげた。

「まぶしいよね、私ら精気をすいとられそうだよね」瑞枝さんもいった。夕子ちゃんは照れるでもなく、ただ笑っている。今ここにいない、昨日の朝子さんの笑顔が思い出される。どんなだったか分からないが、昨夜の説得はうまくいったのだ。ある日リムジンやキャデラックが迎えに来ることなんてあるわけないが、しかるべきときに、援軍の女神が降臨することはある。

「お父さんも今度ドイツから戻るんだよ」いろいろ、準備したり。そうかそうか。おめでとうだな。本当だね。皆口々にいって、珍しいものをみるように婚姻届を囲んだ。

「それで、これのね。証人になってもらいたくて」

僕が？　さっきのリムジンの話にも驚いたが、また自分を指差してしまう。

「そうしたいんだってさ」瑞枝さんが代わりにいう。店長が側の机からペンを手に取る。

「それ、インク出ませんよ」というと夕子ちゃんは鞄から布のペン入れを急いで取り出す。ぱんぱんに膨れ上がったペンケースのチャックを開けると、様々な筆記用具がみえる。

「これってロットリングペンじゃない、こんなの学校で使うの」瑞枝さんが脇から手をのばしてマーカーなどを次々取った。

「あ、分かった。コミケの同人誌で使うんでしょう」うっかり禁句を口にする。

「ちがいます」夕子ちゃんは言い張った。言い張りながら、製図用の細いペンを取り出した。

「ええっと」あ、座った方が書きやすいよね。瑞枝さんが立ち上がり、入れ替わって腰をおろす。

「沢田さんも、僕なんかでいいの」書く寸前で手をとめて、尋ねる。証人の欄にはすでに一人知らない名前が記されていた。多分、沢田さんの知人だろう。

「うん」夕子ちゃんは大きく頷いた。私の好きな人でいいっていってる。そう。好きな人と言葉にされて、悪い気はしない。

証人の欄に名を書き入れる間ずっと、瑞枝さんは不思議そうにその字を眺めていた。

「君ってさ」書き終えると瑞枝さんは口を開いた。丁寧に書いたつもりだが、おかしなところがあっただろうか。

「君ってさ、こういう名前なんだ」私、初めて知った。瑞枝さんがそう続けたので僕は呆れた。

「瑞枝さん、僕ともう何カ月付き合ってるんですか」

「うん、ずっと『君』って呼んでたから」

「え、私も名字しか知らなかった」夕子ちゃんもそういって僕と字とを交互にみた。

「俺も、名前は知ってたけどそういう字だとは知らなかった」そっちじゃなくて、にんべんの方を書くと思ってたよ。店長までそんなことをいって、僕はなんだか慌てた。

「やだなあ、もう」全員がしばらくの間、僕と僕の名前を見飽きないように比べていた。

「よし、じゃあとりあえず今日はどこかで乾杯しよう」ついさっき大金を手にした店長がいうと、待ってて、と瑞枝さんはいって、段をおりて店を出ていった。歩行者信号を押して、暗くなりかけた道をひたひたと渡る。バイクショップとヤクルトの間に消えていった。

すぐに瑞枝さんはワインのボトルを抱えて戻ってきた。

「これ、フランソワーズからもらったやつ！」瑞枝さんは、いつかのワインを一人で呑まなかったのだ。引っ越しはあらかた終わったといっていたが、こういうことが起こるかもしれないと取って置いたのだろうか。楽しく呑むようにという言付けを、僕は伝えそびれてしまった、と思うのだが。

「私、アルコール駄目」夕子ちゃんは楽しそうにいった。僕はうなずいて、皆の分のグラスを取り出し、夕子ちゃんのためのお湯を沸かした。

乾杯した後で、我々は近くのファミリーレストランに移動した。朝子さんの携帯電話はつながらなかったが、沢田さんが合流して、我々は拍手で迎えた。

「教師はやめることになって、今は職探しに奔走しています」沢田さんは照れくさそうにうつむいた。夕子ちゃんと二人並んでいると同級生のようにみえるが、沢田さんは僕より年上らしかった。

「まだ、住むところが決まらなくて」夕子ちゃんはバゲットを齧りながらいった。

「おじいちゃん、結婚は仕方ないけど、夕は家を出るなの一点張りなんだ」妥協点として、沢田さんが近所に住むべく部屋を探しているが、いいところがないという。

「惜しいな」私の家、もうすぐに次の借り手が決まっちゃったらしいのね。でも、おじいちゃん、大家さんなんだから、どこかあるんじゃないの。

「でも、お金も全然ないもんね」

「家を出るなってのは、しかし大家さんも極端だな」店長は大判のメニューを難しそうに眺めている。

（寂しいんだよ）。オニオンスープをすすりながら思いついた言葉は、いつか大家さんが二人の孫に対していった言葉と同じだった。

「寂しいんだよ」瑞枝さんが同じことをいった。四人にビールが運ばれてくる。乾杯をする直前にあっと気付いた。思いついたというよりも、最初からあった答えに気付いた、という言い方が相応しかった。

「そうだ」と口に出したが、そうだというよりも『そうか』という気持ちだ。僕の顔はきっと今、大発明、大発見をした人のような興奮と理知の入り交じったものになっているだろう。国技館の「時間いっぱい」の瞬間の大歓声がなぜか浮かぶ。

「なに、どうしたの」騒がしいレストランの店内で、店長、瑞枝さん、沢田さん、夕子ちゃんの顔を順に見回した。

「僕の今住んでいる部屋に、沢田さんが住んだらいいんだ」

「え」

「夕子ちゃんの部屋と、あの部屋は一またぎだもの」僕はこれで決まり、とばかりビールのグラスを差し上げた。

「でも」皆ますます僕の顔を心配そうに眺める。

「今、中にある荷物、本店の蔵に移せますよね。減ってきているし」店長にたずねる。

「でも、君はどうするの」大丈夫。

「僕はだって」僕は初めからここにいなくてもいい人間だったんだから。そういう言い方だと誤解されてしまいそうだ。

「僕は、別にいくところがあるから大丈夫」といった。皆はますます僕を熱心にみた。

「大丈夫」重ねていってみる。

豪邸ではないが、僕には帰るところがある。それは本当のことだった。言いかけたときに瑞枝さんが「よし、分かった」きっぱりといった。

「そうしなよ」横の夕子ちゃんに微笑みかける。大丈夫っていってるんだから、大丈夫なんだよ。

「そうだな」店長もいい、夕子ちゃんは頷いた。

「では」僕はあらためてグラスを持ち上げた。夕子ちゃんもマグカップをかかげた。

「乾杯」おめでとう、おめでとう、おめでとう。ありがとう、ありがとう。沢田さんははにかみ、夕子ちゃんは少しだらしない、いつもの笑いを満面に浮かべた。

家に帰っていざ荷物をまとめてみると、やはり簡単だった。身一つで転がり込んだのだし、瑞枝さんがくれたものはさまざまにあるが、すべて置いていっていいだろう。

窓の外で青信号が点滅しはじめた。荷物をまとめてみると、やはり出ていくのは今という気持ちになった。さすがに電車がないから、明日の朝だ。

夕方、僕が高級車で去らなかったので夕子ちゃんは胸をなでおろしていた。そしてさっき「別にいくところがある」といったとき、駅の反対口に家を借りた瑞枝さんのような引っ越しを彼女は想像したのだろう。

瑞枝さんは気付けば引っ越しを終えていた。夕子ちゃんもいきなり妊娠を告げた。朝子さんも、店長もフランソワーズも、めいめいが勝手に、めいめいの勝手を生きている。

窓の外をのぞきこむ。瑞枝さんが石油ストーブを抱えてここまで歩いてきた冬から、半年だ。瑞枝さんはさっき別れ際に、離婚届を無事に出したよといっていた。青信号が赤に変わる。バイクショップの若者がサッシの扉に鍵をかけている。そのままポケットに手をつっこみ、駅の方まで歩いていくのがみえる。

僕も、君の名前だけは最後まで知らなかったな。そう思いながら見送る。

明け方、まだ暗いうちに目を覚ました。いつもより丁寧に布団をたたみ、押入にいれる。風呂敷包み一つにまとまった荷物を肩に背負い、この荷がもう少し大きくて、傘を斜めに差したら、昔の家出だと思う。畳の上に店の鍵を置いて部屋を出た。

(早朝のフラココ屋にキャデラックが停車して……)鉄階段をかんかん下りる。裏口には店長のワゴンがまだ停まっている。昨夜ワインとビールを一杯呑んだところで、もういいやとどんどんメートルがあがって、運転を諦めたのだ。酔いながら、俺フランスにいってくるよといっていた。もしかしたら僕がここを出ると告げたことで長期休業を決断出来たのかもしれない。庭をそっと通り抜け、表にまわる。門の郵便受けに新聞がささっている。朝子さんは今日にはまたドイツに戻るんだったか。

店の前の横断歩道と、バイクショップとをながめる。バイク屋の店の奥に、瑞枝さんの原付がみえる。

(……白髪の執事が助手席から降りて来ていう。

「ぼっちゃま……」)

僕はうんと頷いてみた。こんな時間にひっそりと消えたら、また別の漫画みたいに思われるだろうか。振り向いて、フラココ屋の二階をみる。四角い枠に洗濯ばさみのたくさんついた、名前のよく分からないやつが物干し竿に揺れていた。沢田さんの洗濯物が今度は干されるのだ。窓には瑞枝さんのくれた遮光カーテンがかかっている。みあげるのをやめると向こうではヤクルトの前に配達のおばさんが何人かいて、立ち話をしている。会釈をして通り過ぎる。

夕子ちゃんに教わった、二つ目の近道をいこうと思う。バス停を過ぎてさらに歩く。どこかで鳴き声が聞こえる。海猫の鳴き声だ。フラココ屋に滞在中ずっと不思議だった。

歩を進めるほどに鳴き声が近くなる。近道に入り込んでなおしばらくいくと、いつか夕子ちゃんが教えてくれた、変な時間までやっているという本屋の電動シャッターが海鳥のような音をあげながら、ゆっくりと降りていくところだった。

僕は初めて知ったのに、そのことを前から分かっていた気がした。

パリの全員

一人だけ、皆と違う便になった。少し早い便で発ったが、店長たち四人の便は直行で、僕は乗換えがあったから途中で追い抜かれた。

店長たちは早朝に、僕は夕方に、シャルル・ド・ゴール空港に降り立った。その語感を面白がって、出発前には皆、何度もドッゴールドッゴールいっていた。

ターミナルの、段のついていない、しかし傾斜のついた動く歩道に乗客全員が一列に乗っている。前後にみえる顔からも、列全体からもくたびれた気配が伝わってくる。早朝、皆も同じ道の上を自動的に運ばれていたことを思う。さぞやげっそりしていただろう。無事に着いたのだろうか。

歩道の脇が空いている。日本でなら、さっさと横を歩いていく人もいそうなのに、そうならずに運ばれているのは、これがエスカレーターとも動く歩道ともつかぬ、中途半端な道だからだろうか。

歩いていいんだ。いつ誰がそう思ったか、背後から追い抜く人が現れた。すると、そうかそうかとばかりに歩く者が続く。もうすぐ終わるかもしれないのに歩き出すのは恥ずかしい。と思いつつ、歩いてみる。思ったよりまだまだ先は長い。

バス、電車、地下鉄と乗り換える。スーツケースはしんどい。大きく重いからというだけでない。車輪の音の大きさが、なんだか気持ちをすり減らすような気がする。石畳だから余計に転がりにくい。インクジェットプリンターで印刷した、ホテルの地図を広げる。地図の裏は印刷ミス。九月のパリは涼しいと聞いていたが、汗がふきでる。上着を脱ぎ、スーツケースの上面に置いて、手でおさえつけながら行く。

皆はフランソワーズのアパルトマンに泊まる。定員は四名。僕は五人目だったので、一人だけ近場にホテルをとった。まずホテルをみつけ、それからフランソワーズの家を探さなければいけない。ホテルのある場所には星印が描かれているが、フランソワーズのアパルトマンは赤いボールペンの点。

「小さくうってください」僕は注文をつけた。

「店長のふる点は大きすぎだから、小さく」しつこくいったら、今度のは六等星のようなはかない点だ。

車輪がうっとうしく、スーツケースを軽く持ち上げて歩く。腕にぶらさがりたがる、いやななつきかたをする子供を想像する。

通り過ぎる飲食店の店先は、どこも繁盛している。わざとらしいくらいの賑やかさ。皆、明るいうちから店の外でもビールを飲んでいる。

道を尋ねるための、フランス語の会話集はスーツケースの中だ。英語の会話集も、肩から提げた鞄に入ってはいる。飛行機の中でちょっとめくったら、襲われたときの用例が「Help, Help me!」とあって、使う気が失せた。

「ビア、シルブプレ」僕は忙しそうな店員にいってみた。シルブプレー、も出発前に流行った。

「ビーア?」

イエスイエス、などといって、空いてる席に座る。

よく晴れている。動き出す気配はないが、スーツケースに片手を添えてビールを呑む。

合流したのは夜になってからだ。

サン・マルタン運河沿いのアパルトマンの門は古めかしく、大きな扉の脇にある呼び鈴もトリュフォーの映画に出てくるような感じ。重くて大きな扉を開けて入っていくと、やはりトリュフォーの映画に出てくるような中庭。みあげれば上階の一画が工事中で、木の足場がなんだか雑に組まれているところまで、いちいちトリュフォーの……、としか形容できない。

なんといっても、フランソワーズの家だからな。

地図の脇の、言葉の指示に従って建物に入り、階段を三階までのぼる。

地図の小さな点を何度もみて、呼び鈴をならした。皆、疲れて部屋でぐったりしていると思ったのに、不在だった。

出発前夜、全員で打ち合わせをした。先発組はまっすぐ家に向かっているはずだ。電話番号は聞いているが、公衆電話を探すのが面倒だった。きっと食材でも買いにいったのだろう。

古くて狭い階段を一段降りて腰をかけ、靴を脱いで足をぶらつかせた。疲れたが、忌まわしいスーツケースをホテルに置いたことで気は楽になっていた。

階段をあがる音。若い美人があがってきて、足の動きをとめる。座ったまま会釈をすると、ボンジュ、みたいな言葉をいって少しほほ笑んで脇を通り過ぎ、フランソワーズの部屋の鍵をあけて入っていってしまった。

え、と声を出しそうになる。まもなく階下からどやどやと騒がしい音がして、店長、瑞枝さん、先生の三人があがってきた。

「今、フランソワーズの部屋に人が入っていったけど」

「あ、私たちと同じ間違いをしてる」先頭の瑞枝さんが嬉しそうにいう。

「ここは二階」店長は買い物袋を両手に持っていて、一つを受け取る。

「フランスは、階の数え方が違うんだよ」一つ上ったところで一階なんだという。

もう一階分をのぼり、本当の三階で呼び鈴を鳴らすと、夕子ちゃんが出迎えてくれた。なんだ、と思う。ずっといたのだ。

「久しぶり！」日本でもしばらく会っていなかったから、その分も含めて夕子ちゃんの声は大きくなった。そうだねと頷く。

「ふっくらしたね」うんうん、と今度は夕子ちゃんが頷いて、キッチンに戻った。

妊婦の海外旅行なんてと、大家さんはずいぶん反対していた。どんなやりとりがあったのか、許可すると今度は弱気に我々の手をとって「くれぐれも頼むよ」というようになった。

「スープ温めてるよ」

声をかけられた店長は、どうもと疲れた声でいうと、すぐに小さなソファに腰をおろしてしまった。高そうなソファだ。冷蔵庫に食材を詰めていた先生が立ち上がって振り返り、改めてという感じで「どうも」と照れくさそうにいった。夕子ちゃんの旦那さんは今はもう先生ではないが、かつての名残で夕子ちゃん以外の皆に先生と呼ばれるようになった。

窓枠にハンガーがかかっていて、すでに一度、洗濯機を回したのだと分かる。窓枠は古めかしいが、ハンガーは日本のクリーニング屋さんでもらえるようなプラスチック。

店長はソファに寝そべった。僕はとにかくこれだけはと持ってきた欧州の列車時刻表を手渡した。僕と店長は皆と別行動でパリを離れることになっている。ソファに脚をのせ、難しそうな顔でめくっているが、ちゃんと読めるのだろうか。

手すりごしに外をみると、中庭を見下ろすことができる。「中」庭とはいったものだ。四角い箱状の建物の、その四面すべてに部屋があって、向かいや隣の窓に明かりが灯っている。こういう景色は日本とまるで違う。

瑞枝さんは食器棚をあけるたびに「マイセン！」とかナントカ！　と叫んでいる。どれも高価な食器ばかりらしい。よくわからないけど買ってみたという知らない銘柄のビールをあける。夕子ちゃんはお茶。無事の到着を祝って乾杯をした。茶碗やらシャンパングラスやら、皆がばらばらのコップだが、たしかにどれもやたらと高価そうだった。

ビールの味やフランソワーズの部屋や、中庭や、地下鉄や「ドッゴール」空港のことを話し合いながら、中華風の惣菜を食べる。皆、仲良しだなあと急に思う。日本にいるときからもちろん仲がよいのだが、わざわざ、という言葉が浮かぶ。パリにきてまで仲良くしてる。

「到着して、フランソワーズに電話したら、最初の指示がなんだったと思う」店長が暗い声で問う。

「さあ」

「一言、寝るなって」苦笑いしながらそういった。当のフランソワーズは休暇でニースにいる。

「時差ぼけで寝てしまうと、後が大変だからって」夕子ちゃんが続けた。苦笑いは、気持ちを見透かされたように思われたせいか。

いわれたから仕方なくという感じで、皆で散歩にいって、食材を買っていたのだそうだ。そんなの自由判断でしょう、どうしても眠りたかったら、少しくらい寝ればよかったじゃないですか。そういいかけて、やめる。皆も、ターミナルの動く歩道で、しばらく素直に立っていたんじゃないかという想像が、再び浮かぶ。

「電車の時刻わかったの」瑞枝さんはお母さんみたいな口調で尋ねた。

「読めないよ」店長はなにもない天井をみあげた。照明が吊るされてない。間接照明だけの部屋。

「そういえばこの部屋暗いね」

「フランソワーズだもの」変な受け答えだが、皆うなずく。ビールがまわると疲れが出たか、会話は尻すぼみになった。

「さすがに疲れたね」尻すぼみに気付いて、瑞枝さんがいう。皆、同意する気力もなさそうに小声でうんうんといった。

　狭い階段を降りる。つやつやした木製の階段はかんかんといい音で鳴る。中庭から皆の部屋をみあげると先生がハンガーをしまうところで、手をふった。手をふりかえし、大きな門の重い扉を開けて、サン・マルタン運河のおしまいまで歩く。帰るときの目印にと覚えておいた薬局の看板のところで曲がり、そんなふうに表に書かれた手順をこなすような気持ちでホテルまで戻る。

フロントで重たくて冷たいプレートつきの鍵を受け取り、自分で廊下の明かりをつけ、部屋まで歩く。廊下のスイッチはタイマー式らしく、ジーという音がかすかに鳴る。ジーの鳴り終わる前にと急いでドアをあける。

予約した代理店の手違いでツインルームになった。ツインといいつつ、ベッドのサイズはシングルの半分強という小ささで、部屋もシングルサイズ。「ダブル」を希望されたら、二つのベッドをくっつけるんだろう。

部屋に入ると片方のベッドに、スーツケースが置かれているのがみえる。さっき自分で置いたのに、そんな気が一瞬しなかった。

遠くで小さくカチンと音がして、ドアのすき間から漏れる線状の光が消えた。

天井だけは高い部屋の、長いカーテンをあけて外をみる。大きく手前に開く窓を少しだけ開けると、車の音が大きい。窓を閉めると今度は、別の客室に夜遅く到着したらしい、外国人の会話が小さく響く。

夜、カーテンにくるまるようにして窓にもたれ思いにふける自分の姿が、なんだかフランスに呑まれているような気がして、急いでベッドの上であぐらをかいた。スーツケースをあけて歯ブラシを探す。スーツケースの中は大きく空いていて、すべての荷物が下、つまり今は左によっている。店長が大きめのスーツケースで来てくれといったのだ。こちらでどれだけ買い付けるか分からないから、いざというときは僕の鞄を予備スペースにしたいのだ、と。

蛍光灯の白い光を浴びながら歯を磨く。上着とズボンを脱いで、横幅の狭いベッドにもぐりこむ。かけ布団はきつくセットされていて、ホットサンドの具のような気持ちになる。

目をとじる。(すぐ寝ると時差ぼけになる)だって?　それはそうだが僕は僕で、フランソワーズにはなんだか騙されたと思うことがある。パソコンでうっかりみてしまったメールの文面から、てっきり店長とフランソワーズには清算されえぬ過去があると思ってしまった。

僕がついていって邪魔なのではないか、出発前にそれとなく尋ねてみたら店長は憮然とした様子で、電話口のフランソワーズは
「あんたイマジネーション豊かねえ、オホホホッ」と、人間じゃないような、鳥に近いような大きな笑い声をたてた。

清算されえぬ過去はやはりあるのかもしれない。だが、ラブロマンスのつもりで借りてきたビデオがコメディだったかのような、もっとえげつなくいえば、脱ぐと思った女優がまるで脱がなかったような、拍子抜けの感じは否めない。

暗いうちに目が覚める。寒いのか暑いのか計りかねる。首だけ窓の方に向けると、きちんと閉めなかったカーテンのすき間から、かすかに緑色の明かりが漏れているのに気付く。車の音もまだ聞こえる。

少し前までの暮らしに似ている。ずっと、フラココ屋の二階の、暗い狭い部屋で一人きりだった。すぐそばに皆がいて楽しかった気がするけど、ほとんどの時間、一人だった。別に一人でよかった。あそこで読んだ何冊かの文庫本はよれてクタクタになった。

狭いツインルームの高い天井をみつめる。なんだったんだろう。あの半年間は。そんなことを考えるのは、久しぶりに似た状況になったからか。

きつい布団を出て立ち上がる。まだ眠いのか眠れないのか、やはり計りかねる。小さな机の上の、リモコンを手にとる。テレビに向けて押すけどつかない。えい。強く押したら赤いランプが灯って、流暢な外国語が聞こえ、それからゆっくりと画面があらわれる。

映画をやっていて「ロッキー4」だとすぐに分かる。まさかパリにきて、ロッキーに遭うとは思わず、しばらくベッドの端に腰掛けて見入る。

ロッキーもアポロ・グリードもフランス語を喋っている。ジェームス・ブラウンが歌う場面ではフランス語の字幕が入った。テレビをみること自体が久しぶりだ。皆も、みてるかな。みてるわけがないだろうな。

あの緑色の光は。きっと、目印にした薬局のネオン看板だろう。そう思いながら窓に近づいてカーテンをめくる。やはりそうだ。

フラココ屋の二階の窓からみえた光は、歩行者信号のものだった。夜はいつも赤かったが、瑞枝さんが歩行者ボタンを押して、石油ストーブを運んできてくれた。道を見下ろすと、目の前にやはり信号がある。パリのそれは小さくてみえにくい、色が変わる前に点滅もしないスリリングなものだ。

あのときのストーブは、夕子ちゃんと先生の新居にもらわれたそうだ。結局二人はあの二階に住まなかった。そりゃそうだ。もうすぐ子供も生まれるのに、狭すぎる。

腹が減った。あちこちの路地の、いちいちわざとらしく繁盛していた酒場が思い浮かぶ。二十四時間あんなだったらすごいな。テレビに目を向けるとアポロが死んでいた。

(えい、と強く押して)テレビを消し、ズボンをはく。上着は迷ったが着ないことにして、Tシャツのまま鍵を持って部屋を出る。

出る前にふりむくと、四角い部屋の四角いベッドの片方にスーツケースが開いていて、もう片方のベッドは布団が斜めにめくれている。自分がたしかに生きてそこにいるという証にみえた。証って、なんだかつまらないものだ。真っ暗な廊下に踏み出す。

外もまだ暗く、ひんやりしていた。昼間、厄介なスーツケースを持ち上げて歩いた石畳の道に出る。スーツケースを持ち上げていた手をポケットにいれて、身軽になってすることは、やっぱり歩くこと。

旅をするということは、移動し続けるということ。飛行機の機内には、座席の前に液晶のモニターが備え付けられていた。映画などをみられるのだが、ずっとカーナビみたいなチャンネルにあわせていた。コンピュータグラフィックスの地図の上に飛行機マークが現在位置を示す。ハバロフスクからロシアの北を通り、北欧へ。弧を描くように、いや、本当に弧を描いてやってきた。

駅前の大きな像の前までくる。像をはさんで南北に二つの広場がある。昼は迷った。目の前にあるのが南の広場なのか、北なのか。像は片腕を真上に、もう片方を横に突きだしている。そのことを踏まえておけば次は迷わない。昼は暑かったが、この時間だと少し寒かった。明かりのついた店が開いているかと近付いてみるが、中に人の気配はない。仕方なく路地に入って歩きだすと、向こうから同じように仕方なさそうに歩いてくる人がいて、瑞枝さんじゃないかと思ったらそうだった。

「まただ」(まただ?)

「眠れなかったんですか」

「またいなくなるの」尋ねたのに尋ね返された。

「いや、いなくなりませんよ」僕は両手を広げてみせた。

「ふーん」疑わしそうな顔。歩きましょうと促して、並んで別の路地に折れる。

「店長たちは」

「熟睡」

夕子ちゃんたちに自分の居場所を譲ろう。それも突然、いなくなろう。そう決めて朝早く、少ない荷物をまとめて、こっそりと家を出た。四カ月前のことだ。

それが歩いて駅に向かう途中ですぐバレた。歩いていた瑞枝さんに呼び止められて。少ないとはいえ、ふくらんだ僕の荷物をみて瑞枝さんは驚いた。

手を広げたのは、今日は手ぶらだということを示したのだ。

「君って、いじけて生きているわけじゃないんだよねえ」あのとき、大きな荷物から顔に視線を移して、何かを推し量るように瑞枝さんはいった。

「いじけてないですよ」あのときも、とにかく並んで歩き出した。なぜ、誰にも告げずに去ろうとするのか、上手にいえなかった。

「ただ、家に帰るだけです」

「じゃあ、連絡先を教えておいてよ」有無をいわさずに、瑞枝さんは自分の携帯電話を取り出した。フラココ屋を出るのに理由がないのと同様、断る理由もなかった。

「私も、すごく若いときにさあ、友だちにね。似たことした」パリの街を歩きながら、瑞枝さんも同じ瞬間のことを思い出しているらしい。夜明けの光の量や気温が、似ていたからだ。

「似たことですか」

「ちょうどあそこの二階に住んでいたころだ。若いときね。真夜中に自転車で、その友だちの家までいって、ドアの前に作った料理のお裾分けを置いてさ。呼び鈴押せば出るのは分かってるけど、そのまま帰ってきた」

「そうそう、そういうことしますよね」

「若いときはね」と瑞枝さんは目だけを動かして僕をみた。駅前でばったり出会ったとき、こういう会話はしなかった。瑞枝さんはあのときのことを軽く責めているようでもあったが、僕はかまわなかった。黙って歩く。コーヒーを呑みたいが、あいている店がみつからない。

「子供のとき、横断歩道の白い線を必ず踏むとか、歩道脇のブロックの線を踏まないとか、そういう風に決めることってあるでしょう」といってみる。

「パリで同じこと決めてするの、大変そうだね」

「石畳は目が細かいしね」

歩くうちに運河に出た。

「そういう風な感じだっただけですよ」説明が付かないことを説明してみたが、瑞枝さんは別に説明なんかいらなかったみたいで、うんとだけいった。

「運河って、私もっとちがうものを想像してた」

「もっとこう、スエズ運河とか……」

「パナマ運河のようなね」目の前には川のようだが流れのない、四角く切り取られた不思議な水面が広がっている。淵まできた。大自然の中の川の淵までいくのより、もっと水そのものに近づいたような気がする。

「でも、あっちに水門みたいなのがある」

「うん、ある」

「この運河沿いでは夕方になると、パリの恋人達が愛を語り合うらしいよ」瑞枝さんはガイドブックの受け売りをいった。

「早朝は、変なおじさんが遠くにいますね」対岸にうつろな感じで髭のおじさんが座っている。

「それは、載ってなかった」とりあえずノッてあげたという感じで瑞枝さんはいった。

石造りの橋がみえる。瑞枝さんはそちらに向かって歩いた。

「今日の予定は？」

「店長の手伝い」

「そうか」瑞枝さんはこっちで友だちに会う予定があるらしい。店長はのみの市。僕はそれに付き添い、夕子ちゃん夫妻は新婚旅行らしく観光をし、あさってからはドイツに暮らす父親と姉を訪問する。皆、目的はばらばらだ。いつもなにかが我々をゆるく束ねている。日本では店が。フランスでは、不在のフランソワーズが提供してくれた家が。

橋の階段をのぼる。運河に目をやって瑞枝さんは「いちいちパリっぽいな」とつぶやいた。古く立派な橋のことか、遠くの景色のことか。夜が明けてきたが曇っていて肌寒い。いちいちパリっぽいって、なんだか僕みたいな言葉だ。

「パリっぽいけど、疲れる」そう返して橋から見下ろせば、すぐ下に船が停泊しているのがみえた。水門はすぐ側だ。

「夕子ちゃんのお腹に耳あてさせてもらった？」

「もらってないです」向こうの橋はほんの百メートルほど先にみえる。わずか百メートルを往復する船？　いや、橋が跳ね上げ式なのだろうか。僕は橋の中央に切れ込みのような線がないかと目をやったが、分からなかった。

「動くの分かるよ」瑞枝さんは太くて高い橋の手すりを腹にみたて、かがんで耳をあてた。

「これがさぁ、超かわいいんだ」瑞枝さんは真面目な口調でそんなことをいった。前に一度、瑞枝さんのことをむやみに抱きしめてあげたいと思ったことを思い出した。抱きしめたいのではなくて、抱きしめて「あげたい」と思ったのだ。

「お腹に耳をあてるだけでかわいいって分かるんですか」僕はそうせず、ポケットに両手を入れて、突っ立っていた。

「分かるよ」耳を橋から離して、瑞枝さんはいった。

「だって夕子ちゃんの子だよ」あーはい。

以前から赤ん坊をうらやましがる瑞枝さんだが、出発前に「恋人ができた」といっていた。でも、だったら瑞枝さんも子供が生めるかもしれないでしょう、というような言葉も僕はいわなかった。

瑞枝さんは立ち上がって、暖かい物が呑みたい、といって歩き出した。

「今、泊まってるホテルにさあ、風呂ある」アパルトマンの階段をのぼる間に瑞枝さんが——部屋の面々に聞かれるのは差し障りがあるかのように急いで——尋ねてきた。

「あるけどシャワーですよ」

「シャワーかあ」残念そうな表情。フランソワーズのアパルトマンもシャワーだけで、広い浴槽に身を沈めたくてたまらないという。僕も、ホテルに着いてからがっかりしたのだった。

遅い朝食をすませ、店長と二人で北駅までやってきた。なんだか違和感があるなと思いながら歩いた。場所がパリだからだろうか。

そうではない。店長と一緒に電車に乗ったり降りたり、並んで歩くことに慣れない。日本ではだいたい車の助手席にいるか、二人とも店内で作業をしていた。

フランソワーズの田舎にいくのは来週だから、それまでなるべく買い付けをしたい。ベルギーのブリュッセルで平日もやっているのみの市があるという情報を得て、遠征を決意したのだった。

「タリスってのに乗るんですよね」

「そう、明日の朝の便をとる」地下鉄の中で、店長は時刻表を広げてみせた。赤い線がひかれている。地図に小さな点を落とした、あのペンだ。

「これであってるんだよね」などと店長はいった。

北駅は広く、天井がとても高かった。大勢が行き交っているのに、広々としている。我々は広さ、高さに比例させるように大股で歩いた。改札とホームが区切られておらず、これから発車する、あるいは到着したばかりの列車を間近にみることができる。

「これ」店長はあずき色の大きな車両を指差した。行き先や発車時刻を示しているらしい電光掲示板に「ＴＨＡＬＹＳ」と表示されている。

「タリスってのは、会社の名前なんですか、それとも小田急線みたいな路線の名称なんですか」

「ひかり号、みたいなことかもよ」店長はさらにミニマムな解釈を示し、車両に近づいた。新幹線みたいに大きい。

店長はちょっと写真とってよ、といった。電車好きだったのか。手渡されたデジタルカメラで、タリスの先頭車両と並んだ店長をとる。瑞枝さんは日本と同じような顔をみせたけど店長は逆。はじめてみる顔ばかり。


航空券みたいに立派な明日のチケットを片道で二枚買ってから、地下鉄でパリ郊外のヴァンブーというところまで出向いたが、のみの市をみているうちに大雨になった。ピンボール台の置かれたカフェに入る。雨で張りついた前髪が店の窓に映り、ハゲてきたかなあと思う。給仕が近づいてきてメニューを差し出した。カプチーノシルブプレーと、二本指をたてていう。

「Cappuccino?」なぜか店員はおどけたような笑みを浮かべて去っていく。

店長は肩掛け鞄から、既によれてきた時刻表を取り出す。雨宿りに相次いで客が入ってきて、店内はだんだんにぎやかになった。

「オランダまでいけないこともないんだよな」ロッテルダムでも市があるらしいという。タリスを往復で買わなかったわけは、ロッテルダムをみて、ブリュッセルで一泊する可能性を考えてのことだ。パリの店長は徹底して仕事モードらしい。また時刻表を取り出して、小さな字を追っている。

「店長って電車好きなんですね」

「電車マニアってのは、いろいろなマニアがいる中でも、なんだか一番尊敬するな、俺は」店長は自分がいわれたのに、他人事みたいにいった。

誰かがピンボールをはじめ、電子音が鳴り響いた。ピンボールではなくて窓の外に視線を向けると、雨脚は一定で、業者が並べた品物をだらだらと片づけている。路上に出された段ボールの中の品物に、どんどん雨が降り注いでいるのに、日本の市では考えられない緩慢さだ。

「濡れても平気で売ってしまうんだな」店長も少し呆れ顔だ。カプチーノが運ばれてきた。

「切手マニアとか、カーマニアとか、現物を手にいれられるだろう。でも電車はどうしたって手に入らないから、乗ったり、写真におさめたり、切符を代わりに集めたりする」それは、なんだか途方もない好きのあり方だ。店長はそう結び、煙草に火をつけた。僕はなんだか頷いた。

（自分もさっき一緒に撮っていたけど）二人でカプチーノを呑む。

「今回の仕入れが黒字にならなかったら、フラココ屋をたたむかもしらん」

「弱音をいいますね」

「弱音って言葉は、気持ちのことをいうわけでしょう。客観的な数字に基づいていってるのよ」

「大丈夫ですよ」僕はずっと前にもこんな安請け合いをいった気がした。

「だってフランソワーズの田舎にいけば、垂涎のお宝がザックザクなんでしょう」

店長はうーん、と煙をはいて、椅子の背もたれによりかかった。しばらくたってから思い出したように
「そっちのホテルってさあ、バスタブある?」といった。

夕方、一人でケーキ屋の二階にいる。先生の誕生日を祝うことになっていて、朝食の席で僕はケーキ係に任命されたのだった。いくつか、スイーツのおすすめスポットを教えてもらったが、路地を探し歩くのは面倒なので、駅の最寄りにあるというフォションにしたら、店内は日本人でごった返していて少し恥ずかしくなった。

(まあいいや)ピンク色の階段をのぼり、カフェの窓際で紅茶を呑んだ。窓の向こうに立派な建物の、立派な階段がみえる。階段の脇に物乞いがいる。北駅で店長から手

渡されたデジタルカメラを取り出して、物乞いをズームしてみる。大袈裟なほど哀れそうな振る舞いで通行人にアピールしている。

カメラを再生モードにする。液晶画面に今撮影した景色が映る。ボタンを押すと一枚前の画像になる。ヴァンブーで、店長にいわれて売り物を数枚とった。午前中に夕リスと一緒にとった店長の画像が現れ、しげしげとみる。

(明日、自分が乗る電車でとった方が記念になったのに)。

支払いをすませ、ピンク色の階段の途中で、立ち止まった。カメラを取り出して、自分で自分を一枚だけ撮った。帰国しても、写真をみせる相手は特にいない。店長のカメラにこの映像があったら、店長の奥さんと子供が、これをみるのだ。

地下鉄の回数券は使用後も手元に残る。使用前と使用済みとで見分けがつきにくい。ごく薄めに刻印されるだけだ。使用前は右のポケット。使用後は左。忘れないように何度かそらんじながら、ホールのケーキを水平に持って地下鉄に揺られる。夕暮れのサン・マルタン運河まで戻ってくると名物のカップルが鈴なり、とまではいわないが、たしかにちらほらといる。橋までくると、船はいなくなっている。夕子ちゃんが運河沿いの、アパルトマンの門をくぐる。箱型の中庭で見上げると、新しい洗濯物を干していた。僕をみつけて、すぐに笑顔になった。

そのとき不意に、自分が旅をしていると思った。昨日から旅をしていたのだが、そうではなくて、もっと前、フラココ屋の二階に転がり込んだときから、旅というものがずっとずっと途切れずに続いているように思って、一瞬立ち止まった。

すぐに歩いて、狭い階段をのぼる。ノックをして、ドアを開けてもらう。誕生日を祝われる主役の先生が居心地悪そうにはにかみながら出迎えてくれた。

夕子ちゃんは僕からケーキを受け取るなり「ねえ、下の階の女の人ってみた？」と嬉しそうにいう。

「あの美人さん？」

「美人だよね！」さっきすれ違ったのだという。

「今、泊まってるホテルって、たしかツインルームなんでしょう」

「そうだよ」

「滞在中に、なんとかしたら」

「なんとかって、アバンチュールをってこと？」

「そう、それ！」夕子ちゃんはいつの間にか、そんな軽口をいうようになった。いつも以上に明るく調子づいているのは、もうすぐ家族に会えるからでもあるだろう。

「なんだか古いですね、アバンチュールって言葉」年長の先生が控えめにツッコミをいれた。

もうすぐ、食料係の店長がいろいろ買って戻ってくる。瑞枝さんが友だちをつれて帰ってくる。さっき夕子ちゃんがのぞき込んでいた窓から、中庭を見下ろした。見下ろすのは二度目なのに、もう見慣れているのが、なんだか不思議だった。

第一回 大江健三郎賞 選評

長嶋有『夕子ちゃんの近道』のために

大江健三郎

1

私は読んでいる本に、短期間であれ文体上の影響を受けてしまいます。とくに小説に、というと、——今どき小説に？ という表情と、——その年齢になって！ というそれを返されます。

この一年、おもに日本文学の若い書き手たちの新作を読み続けました。私は、これも自分の性格の話ですが、何であれ本気で始めると正面から向かってゆく、それに力を注ぎつくして（あるいはすっかり引きずり込まれて）ヘトヘトになる、しかし翌朝またあらためてやり始める……、そういうタイプです。

それで着実な効果があがる、というのでないことなら、子供の時からの経験で知っています。したがって、今回はとくに、このクセに注意したいものだ、と考えていました。したがって、賞の協力者たちと（若い、中年でもその初めの、編集者たちですが、第一次の選考は年に三回なら三回の、ひとつの区分に発行された純文学作品すべてを視野に入れますから、文芸編集者の日常の仕事がまずそれだとしても、じつに多くの作品を読み、それぞれについて短かくまとめた批評を準備して参加してくれるかれら・彼女らは、これ以上ない同僚でした）よく話して、あらためてリストに残した本を、週に一冊か二冊しか読まない、という原則にしました。そして、これは政治家やスポーツマンの用いる言葉で私には初めての使用例ですが、ほぼ平常心をたもって事にあたるようつとめました。

それでも、ある数冊が記憶の前列に並び、それらを時どき書棚から取り出して再読することになりました。そして私にはもうそのように愉快に、具体的な小説のことを話す友人も居なくなっていることにガクゼンとするのですが、あたかもそういう旧友が幽明境を異にする所から顔を出してくれた具合に、この作家は独特なんだ、と話しかける気分でいるのに気がつきました。そのようにして一年たって、私が最終的に選んだのが、そういう面白い小説の一冊、長嶋有『夕子ちゃんの近道』です。

　つまり文学革新のイデオロギーというようなこととは無関係に、この独特な楽しさを（しかし、外国人の読者にもすすめてみたい、新しい日本人の群像図としてのそれを）、押し出したいと思ったのです。いまあらためて数回目の読み直しをしたところで、てきめんに当の小説の文体に影響を受けていますから、今回の選評は、なによりゆったりしたものになるはずです。

　この短篇連作の中心人物である語り手は、自分がどういう人間であるかをなかなか表明しません（初めの感じがそうだし、また物語の進行につれても、しばらくはそのままです）。しかし、じつはこの語り手は「自省録」という古典哲学の書物のタイトルを思い出させるほど、かれ自身の内面を正確に定義しようと注意深くしている、いまどき稀な、したがって日本文学に新しい人物像なんです。

　この語り手は、自分を指す主語をできるだけ省略しようとします。さらに自分の来歴は、抽象してわずかに語ることしかしないし、小説を読み終っても、その「姓名」はわからないままです。かれが「ゆるく束ねている」関係で暮している仲間の、婚姻届の証人に署名する段になって、別の仲間が（それもかれがもう半年、住み込んで働いている古道具屋の店長が）名についてだけこういいます。

《「俺も、名前は知ってたけどそういう字だとは知らなかった」そっちじゃなくて、にんべんの方を書くと思ってたよ。》

この会話を検討すると、西洋骨董が専門らしい店長が「漢字」について（そ、っ、ち、じ、ゃ、な、い、なくてといってるのがヒント）なかなか知識のある人だとわかります。私がこのヒントから推理を始めて、たどりついたのは、――なんだ、ということになるでしょうが、作者の名前の「有」です。しかしこの本の奥付けにも有《ゆう》とルビがふってあり、私は最初「ハテナ」と考えました。「ハテナ」は、この小説の独特な技法のひとつですから、括弧で示しておきます。

私の推理がまちがっていたら自他ともにズッコケるほかありませんが、この人物は「有《たもつ》」という名であり、そこを見ても、よくある私小説のやり方とは違った工夫をこらして、作者は語り手が作家自身であることを示している。私はそのように考えます。そんなにめずらしくない名前で、漢和辞典の一般的な刊本で音訓索引を見ると、それを表記する漢字が二つしかない（そこで、そ、っ、ち、じ、ゃ、な、い、という言い方が正確な表現になります）ものは、あまりありません。そして、タモツならば、にんべんの保か、あまり普通ではないけれど有なのです。「保有」という熟語は、その二つを重ねています。

2

この小説の特質を語るにあたって、先にのべた「ハテナ」の技法から始めましょう。

小説の第一ページから、主格なしで進行する文章が「フラココ屋」という古道具屋の二階で暮している語り手を、まずその周囲の情景から包囲する仕方で描くのですが、その一節にこうあります。

《時折、日の光ではなく海猫の鳴き声で目が覚める。このへんに海はないから、海猫のいるはずはない。どこか遠くの工場で錆びた機械がきしんだ音をたてているのだろう。それでも目を閉じてきいきいと続く音を聞いているとすぐに荒涼とした海岸が脳裏に浮かぶ。あるはずのない海を思いながら、再びうとうと寝入ってしまう。》

この海猫の鳴き声は、作中、間を置いて時どき思い出されるように現われて、「ハテナ」の思いを更新させます。それが、仲間全員がパリでそろうエピローグの一章前の、「フラココ屋」での語り手の暮らしも一応しめくくられるところで、次のように謎解きされます。

《夕子ちゃんに教わった、二つ目の近道をいこうと思う。バス停を過ぎてさらに歩く。どこかで鳴き声が聞こえる。海猫の鳴き声だ。フラココ屋に滞在中ずっと不思議だった。

歩を進めるほどに鳴き声が近くなる。近道に入り込んでなおしばらくいくと、いつか夕子ちゃんが教えてくれた、変な時間までやっているという本屋の電動シャッターが海鳥のような音をあげながら、ゆっくりと降りていくところだった。

僕は初めて知ったのに、そのことを前から分かっていた気がした。》

この場合「ハテナ」と謎解きのからみは、永く続くものであるにかかわらず単純ですが、小説全体にひろがるその枠組みの間に、幾つもの「ハテナ」と謎解きが、入れ子構造をなす。それがこの小説の、ナラティヴのスタイルなのです。近くに住む三十代半ばの女性瑞枝さんが、原付免許を取ろうとしている。彼女が勉強している問題集に赤鉛筆のイタズラ描きがある。《赤信号の「とまれ」の男にはSTANLEY、青信号の片足を踏みだしている男はWALKYと名前がふってある。》子供のような絵だといってはあるが、なんだか達者そうじゃないか、という「ハテナ」には、すぐに謎解きが現われます。《瑞枝さんはイラストレーターだ。》

隣の家に住む、フラココ屋の大家の二人の娘のひとり、美大生の朝子さんが庭で作っている、大小沢山の板の箱。定時制の高校生夕子ちゃんと電車で乗り合せて、行きに降りて行った駅と帰りに乗って来る駅が違うことに気がつく。それぞれ小さな「フシギ」には、箱が卒業制作であったという、なんでもない謎解きと、夕子ちゃんが教師と関係を持っており、やがて妊娠してしまうという、深刻な謎解きがついていきます。

もっと微妙な「ハテナ」が提示され、謎解きは遅延する、という場合もあります。瑞枝さんがスクーターで事故を起す。その知らせを聞いた語り手が、深夜の表通りに出て見渡す。《ひたひたと犬が遠ざかっていくところだ。》私が「フシギ」と感じるのは、このひ、た、ひ、た、です。しかもそれは、大家さん八木家の姉妹について（似通った二人の、しかしくっきりと描き分けられた個性が、作者の技倆を示します）、次のように繰り返されてさらに「フシギ」さを増す……

《夕子ちゃんは広いベランダをひたひたと夜道をゆく犬のように駆けて部屋に入っていった。》《薄く微笑んで朝子さんはひたひたと家に入っていった。》そしてこの「フシギ」の謎解きだけは読み手にゆだねられて、小説の奥行きを増すのです。

3

さて、私がなぜこうした細部の、それもさらにこまかな読みとりにこだわるか？

この作家が、細部をはっきりと書いてゆくことに、特別な思いを込めている人だからです。そうしながら、かれがそこに、正確な「小さい意味」をきざみ出す人だからです。長嶋有は、意味のあいまいな文章は決して書かない。しかも背負わされた意味によって言葉が重くなったり、文節が嵩ばったりしないよう細心な注意をはらう。つまりは、すべて具体的な事物にそくして、スッキリと書く努力をおこたりません。

たとえばかれは、こう書きます。《窓の外では洗濯ばさみのたくさんついた、なんと呼ぶか分からないが、靴下やパンツを干せるプラスチック製のものが物干し竿に揺れている。》私もまさに同じ物体を見て（俳人が新鮮な事物を前にするたび、俳句にしようとあれこれ短い言葉を探すはずであるように）小説に取り込もうと試みたことがあるのですぐ思い当りました。そしていま、あれをなんと呼ぶか分からないがとするのはまさに正確な表現であり、しかも作者がそれを自分の文体にしていることに感嘆します。

その観察力にたつ、こまかな思考をつらねて、作者は人間について「小さい意味」をみがき出し続けます。瑞枝さんと自分が交わした会話を、ひとり夜なかに思い出している語り手。そのシーンには、伏せられているかれの年齢や来歴もほの見えてきますから、少し長く引用します。

《私もう四十だよ。昼間そういわれたとき、身構えたことを思い出した。もっとずっと深刻な言葉がつづくような気がしたから。その言葉を、その唇の動き方を前にもみた。

私もう三十よ。昔、別の女にいわれたことがある。それが別れを切り出すとっかかりの言葉だったからトラウマになっているのだろうか。それだけではないと思う。自分は二十になっても三十になっても「もう」という感慨を抱いたことがない。「もう」と思わないのは何かの感覚が未発達か、備わっていないのか、とにかく人生において誰もが知覚できるなにかを自分だけが感じることができない、置いてけぼりにされたような気がするのだ。（中略）

瑞枝さんはここを「若くて貧乏なものの止まり木」ともいった。瑞枝さんをふくめた四代目までの住人はそうだったのかもしれない。だが僕は若者というほど若くもないし、実は貧乏でもない。貯金もまだ十分ある。働くのが嫌になってしまっただけだ。働くのだけではない、たとえば広くて暮らしやすい新居を探すことや、部屋を暖めるものを買いにいくことすら。布団に地雷のように埋め込んだアンカに囲まれて、底冷えをやりすごしながら生きている（やり過ごそうとしているのは底冷えだけなのか）。》

　ここに引いたのは、連作の初めの作品「瑞枝さんの原付」の終り近くですが、そこを経ての短篇の終りを、じつに充実した感銘をあたえる仕方で作者は結びます。いちいちの連作で、いわばおっとりとそうした効果をあげていますから、作者はイラストレーションについて作られた評語の名作を使うなら、「ヘタウマ」の手練れなのです。私がこの一年読み続けた本の幾つにも見られた、まず小説の形式を破壊すること（そして小説の文章を、さらに作家のアイデンティティーを、それぞれ個性的な仕方で破壊すること）をめざす若い人たちの、野心にみちた動機づけとはことなっています。私は次の一、二年の授賞作のうちに、そちらの方向へ実力あきらかな達成を示した作家を迎えることを夢見ています。しかし、まずこれだけ批評的な自覚とともに、懐かしい小説の魅力を、それもすっかり新しい日本人たちをつうじて表現した作品に、第一回で出会えたことを喜びます。

　さて私らの賞は、翻訳して海外に押し出すことが主目的です。そこで英語圏であれ仏語圏であれ（さらに別の言語圏であれ）翻訳を進める上で、これは私の経験ですが、テクストの細部の重複に編集者が神経質であることを思います。ところが、この作品は連作であり、しかも作者が一篇ずつ読む読者を考えて、各短篇の書き出しごとに説明的な繰り返しをしています。そこで、もちろん翻訳テクストとしてだけですが、そのおのおのの部分について作者に手直しをすすめたいと思います。

「群像」二〇〇七年六月号

＊　初出一覧

瑞枝さんの原付……………「新潮」二〇〇三年四月号
夕子ちゃんの近道…………「新潮」二〇〇三年七月号
幹夫さんの前カノ…………「新潮」二〇〇四年一月号
朝子さんの箱………………「新潮」二〇〇四年三月号
フランソワーズのフランス…「新潮」二〇〇四年七月号
僕の顔………………………「新潮」二〇〇四年十二月号
パリの全員…………………書き下ろし

本書は二〇〇六年四月に新潮社より出版されました。

|著者|長嶋 有　1972年生まれ。東洋大学第2部文学部国文学科卒。'01年「サイドカーに犬」で第92回文學界新人賞を受賞し、デビュー。'02年「猛スピードで母は」で第126回芥川賞受賞。'07年『夕子ちゃんの近道』で第1回大江健三郎賞受賞。その他の著書に『ジャージの二人』(集英社文庫)、『パラレル』(文春文庫)、『泣かない女はいない』(河出文庫)、『エロマンガ島の三人』(エンターブレイン)、『ぼくは落ち着きがない』(光文社)、『電化製品列伝』(講談社)、『ねたあとに』(朝日新聞社)などがある。

夕子《ゆうこ》ちゃんの近道《ちかみち》

長嶋《ながしま》 有《ゆう》

講談社文庫

定価はカバーに
表示してあります

2009年4月15日第1刷発行

発行者――鈴木 哲
発行所――株式会社 講談社
東京都文京区音羽2-12-21 〒112-8001
電話 出版部 (03) 5395-3510
販売部 (03) 5395-5817
業務部 (03) 5395-3615

Printed in Japan

デザイン―菊地信義
本文データ制作―講談社プリプレス管理部
印刷――豊国印刷株式会社
製本――株式会社大進堂

落丁本・乱丁本は購入書店名を明記のうえ、小社業務部あてにお送りください。送料は小社負担にてお取替えします。なお、この本の内容についてのお問い合わせは文庫出版部あてにお願いいたします。

ISBN978-4-06-276334-9

講談社文庫刊行の辞

二十一世紀の到来を目睫に望みながら、われわれはいま、人類史上かつて例を見ない巨大な転換期をむかえようとしている。

世界も、日本も、激動の予兆に対する期待とおののきを内に蔵して、未知の時代に歩み入ろうとしている。このときにあたり、創業の人野間清治の「ナショナル・エデュケイター」への志を現代に甦らせようと意図して、われわれはここに古今の文芸作品はいうまでもなく、ひろく人文・社会・自然の諸科学から東西の名著を網羅する、新しい綜合文庫の発刊を決意した。

激動の転換期はまた断絶の時代である。われわれは戦後二十五年間の出版文化のありかたへの深い反省をこめて、この断絶の時代にあえて人間的な持続を求めようとする。いたずらに浮薄な商業主義のあだ花を追い求めることなく、長期にわたって良書に生命をあたえようとつとめるところにしか、今後の出版文化の真の繁栄はあり得ないと信じるからである。

同時にわれわれはこの綜合文庫の刊行を通じて、人文・社会・自然の諸科学が、結局人間の学にほかならないことを立証しようと願っている。かつて知識とは、「汝自身を知る」ことにつきていた。現代社会の瑣末な情報の氾濫のなかから、力強い知識の源泉を掘り起し、技術文明のただなかに、生きた人間の姿を復活させること。それこそわれわれの切なる希求である。

われわれは権威に盲従せず、俗流に媚びることなく、渾然一体となって日本の「草の根」をかたちづくる若く新しい世代の人々に、心をこめてこの新しい綜合文庫をおくり届けたい。それは知識の泉であるとともに感受性のふるさとであり、もっとも有機的に組織され、社会に開かれた万人のための大学をめざしている。大方の支援と協力を衷心より切望してやまない。

一九七一年七月

野間省一

講談社文庫 最新刊

佐伯泰英　難航
〈交代寄合伊那衆異聞〉
日米交渉が熾烈を極める下田へ急ぐ藤之助。幕末へ疾走する新章開始！〈文庫書下ろし〉

長嶋有　夕子ちゃんの近道
「僕」とフラココ屋つながりの面々とのゆるい半年を描いた第一回大江健三郎賞受賞作。

坪内祐三　ストリートワイズ
真に保守的。だからこそ、時に過激。思想と時代を縦横に網羅する鮮烈なデビュー論集。

今野敏　特殊防諜班　標的反撃
「プロトコル」と呼ばれる文書を巡り、真田の十支族の末裔、恵理を護る戦いは激化する。

宇江佐真理　アラミスと呼ばれた女
安政三年、坂の町。一人の少女が歴史の波の中へ――。激動の時代を生きた、男装の通訳。

西尾維新　ネコソギラジカル(中)
〈赤き制裁vs.橙なる種〉
血と知が交錯する戯言シリーズ最終章三部作。結局、終わりとは、始まりとはなんだったのか。

古川日出男　ルート３《サン》５《ゴー》０《マル》
虚実の合間を行く路上《ルート》に生まれたストーリー世界。著者唯一の「ストレートな」短編集。

赤木ひろこ　ひでさん
〈松井秀喜ができたわけ〉
松井秀喜誕生の決定版！　両親の育て方から学生時代の交友関係、さらに初恋までを満載。

霧舎巧　名探偵はもういない
吹雪に閉ざされた山荘で起きる連続怪死事件の謎に、「名探偵」の鮮やかな推理が挑む！

五木寛之　百寺巡礼　第八巻　山陰・山陽
山と海に囲まれた山陰・山陽へ。ここはかつて大和と異国を結ぶ文化を受け入れていた。

村上龍　新装版　限りなく透明に近いブルー
福生《ふっさ》のハウスを舞台に退廃の日々を送る若者たち。衝撃のデビュー作が新装版にて登場！

講談社文芸文庫

井上ひさし
京伝店《きょうでんだな》の烟草《たばこ》入れ　井上ひさし江戸小説集
解説=野口武彦　年譜=渡辺昭夫
夜空にお天道様を！　若い花火師と筆を折った戯作者が企てた事件の顚末を描く表題作と、「戯作者銘々伝」から式亭三馬など八篇。著者の原点ともいうべき秀作集。
978-4-06-290046-1　いV1

鶴田知也
コシャマイン記・ベロニカ物語　鶴田知也作品集
解説=川村湊　年譜=小正路淑泰
和人によるアイヌ民族迫害の歴史をある英雄の悲劇に象徴させた第三回芥川賞受賞作を中心に、北海道開拓民の群像とそこでの苦闘を描く「北方文学」の傑作を精選。
978-4-06-290044-7　つ1

森孝一（編）
文士と骨董　やきもの随筆
解説=森孝一
志賀直哉、青山二郎、小林秀雄、青柳瑞穂ら、文学の対極にある骨董に魅了された文士十六人の骨董のある暮らし、思い出、友情、人生を語った「美の目利き」列伝。
978-4-06-290047-8　もE1

講談社文庫　目録

2009年3月15日現在